晓 欧 洲

缪晓娟 著

南京大学出版社

图书在版编目(CIP)数据

晓欧洲 / 缪晓娟著. — 南京：南京大学出版社，
2014.5

ISBN 978 - 7 - 305 - 13071 - 7

Ⅰ. ①晓… Ⅱ. ①缪… Ⅲ. ①新闻—作品集—中国—
当代 Ⅳ. ①I253

中国版本图书馆 CIP 数据核字(2014)第 086653 号

出版发行　南京大学出版社
社　　址　南京市汉口路 22 号　　邮　　编　210093
网　　址　http://www.NjupCo.com
出 版 人　左　健
书　　名　晓欧洲
著　　者　缪晓娟
责任编辑　董　颖 李鸿敏　　编辑热线　025 - 83592655
照　　排　南京南琳图文制作有限公司
印　　刷　江苏凤凰通达印刷有限公司
开　　本　710×1000　1/16　印张 13.75　字数 217 千
版　　次　2014 年 5 月第 1 版　　2014 年 5 月第 1 次印刷
ISBN 978 - 7 - 305 - 13071 - 7
定　　价　53.00 元

发行热线　025 - 83594756　83686452
电子邮箱　Press@NjupCo.com
　　　　　Sales@NjupCo.com(市场部)

法兰克福街头戏水的孩子

EUROPEAN
CONSEIL
BRUSSELS 19.12.

europe

欧盟委员会主席巴罗佐和欧洲理事会主席范龙佩(右)

债务危机引发的布鲁塞尔街头大游行

序

　　向海外传播中国是一项意义重大却有相当难度系数的工作。它要求传播工作者内知国情、外知世界，实践中胸中有大局，笔下有故事。因此，唯有掌握深入浅出、客观凝练的报道技能才能吸引全球读者，才能成就一名优秀的对外传播工作者。正因为如此，挖掘中国发展精彩纷繁的故事，用融通中外新概念和新表述讲述中国故事，成为新华社对外部许多编辑记者毕生努力的目标。

　　多年实践的结果是，当这批编辑记者受命到海外工作时，他们能讲故事的基本功发挥了更大功效，向中国大陆读者讲述海外故事成为他们信手拈来的新才艺。于是，一大批以海外题材为内容的系列作品应运而生，如最近几年新摆放在我书架上的我社台湾驻点记者陈斌华的《自在台湾》，驻内罗毕记者桂涛的《是非洲》，驻华盛顿记者蒋旭峰的《驻在美国》，驻开罗记者杨媛媛夫妇的《记者夫妻的中东时光》等。

　　今天呈现在读者面前的《晓欧洲》出自一位很有记者范、并在海内外都斩获颇丰的优秀年轻记者。她21岁加盟新华社对外部，在国内和欧洲分别工作三年。无论何时见到她，听到她的声音，她都是那样充满热情和活力，永远感觉她非常渴望向你讲述她经历的故事。正是这种对纷繁事物的新鲜感，对记录历史使命孜孜不倦的追求，对世间事超乎同龄人的深邃的洞察力，才使记者在短短三年的驻欧期间成就了这本书。

　　初略此书，上篇"欧盟访谈"对欧盟框架与政策的解读较为清晰易懂，从欧洲一体化工程存在的历史与现实意义谈起，逐一梳理欧盟预算机制、经济与债务危机、社会民生热点、成员国选举、外交安全、文化教育、环境气候等重大议题，其中还有许多来自新闻现场的述评、问答和手记，都是职业记者的看家本领，让信息呈现更加动态、立体而丰富。

下篇"人文欧洲"应当是作者在欧洲旅行与生活的精华展示，通过体验式的微观报道，所到之处的欧式风土人情自由洒落一地。捧在手中阅读，就仿佛跟着作者走进了森林里安静的小书村、广场上热闹的跳蚤市场和将要遇见北极光的罗瓦涅米，一边与路人游人对话交谈，一边观察欧洲老百姓的寻常小日子。

整体来看，上下两篇动静结合，均为作者扎实采访与精耕细作的成果。从中可见作者积极融入当地主流社会，尤其是与欧盟机构建立了良好的沟通关系，并尝试文字、图片和视频的全媒体采集，单体作战能力令人印象深刻。

这也正是新华社近几年在战略转型中对所有记者的全新要求。很高兴看到本书作者在驻欧期间不断磨炼自己，既能走出去，也能带回来，以记者的独特视角，帮助中国读者进一步了解欧洲。

严文斌
新华社高级编辑、对外新闻编辑部主任

The European Commission is committed to deepening understanding, friendship and cooperation with China.

I am proud of my own role in helping to launch the EU-China High Level People-to-People Dialogue (HPPD) with China's State Councillor Liu Yandong in April 2012.

The HPPD helps to build understanding and trust by bringing people together so that they can get to know each other's culture, share ideas and work together on joint projects. I think we are gradually developing a common language, while respecting our diversity.

It was in this context that I had the pleasure of being interviewed by Miao Xiaojuan at the European Commission headquarters in December 2013.

I am delighted to hear that Xiaojuan has now written a book, sharing insights from her three years of experience in Europe with a Chinese audience.I hope the book is a great success and that it contributes to raising awareness of Europe and its culture in China, as well as helping us to achieve closer people-to-people contacts in future.

欧盟委员会致力于深化与中国的相互理解、友谊和合作。

2012 年 4 月,我与(时任)中国国务委员刘延东共同启动了中欧高级别人文交流机制,对此我感到很自豪。

中欧高级别人文交流机制将中欧人民聚在一起,通过了解彼此的文化、交流思想和共事合作,帮助建立起理解互信。我认为在尊重多样性的同时,我们正逐步发展出共同语言。

在此背景下,我很高兴于 2013 年 12 月在欧委会总部接受了缪晓娟的采访。

得知她写了一本书,从而与中国读者分享她在欧洲生活三年的感悟,我也很高兴。希望这本书获得成功,并希望通过这本书,中国读者将进一步了解欧洲和它的文化,中欧之间的人文交流也将得到加深。

Androulla Vassiliou
European Commissioner for Education, Culture, Multilingualism & Youth

安德鲁拉·瓦西利乌
欧盟教育、文化、多语言与青年委员

As the European integration process continues, Belgian capital city increasingly confirms its role as the political center of the EU. Brussels has thus attracted numerous think tanks, research centers, lobbyists and of course, one of the largest concentration of journalists from all over the world.

An open and free working environment for the press continues to enable and stimulate a synergy through communication amongst Europeans and with the international community.

I am happy to see a firsthand recount by this motivated journalist of this democratic project, against a background of history, actual news, cultural and people to people exchange. May her story inspire others to discover and participate.

随着欧洲一体化进程的持续，比利时的首都逐渐确立了其作为欧盟政治中心的地位。布鲁塞尔因此吸引了大量的智库、研究中心和说客，自然也成为了世界各地记者云集地之一。

正因为有这样一个开放自由的媒体工作环境，欧洲内部及其与国际社会的沟通交流正在持续得到促进和实现增效。

我高兴地看到这位很有积极性的记者对欧洲一体化民主进程的亲身体验，书中包含历史回顾、新闻现场、文化与人文交流等。希望她的经历能够激发其他人去探索和参与。

Michel Malherbe
Ambassador of Belgium to China

马怀宇
比利时驻华大使

目 录

Part I 欧盟访谈

Part II 人文欧洲

Part Ⅰ

欧盟访谈

法国女艺术家洛朗丝·延克尔设计了一系列糖果作品，图为"欧盟糖果"出现在法国加来市中心。

欧盟她是谁? *

"和平年代,儿子埋葬父亲;战争年代,父亲埋葬儿子。"

——希腊历史学家希罗多德

在诺贝尔和平奖的颁奖台上,欧洲理事会主席范龙佩代表欧盟领奖时说:"战争一直伴随着欧洲,留下了长矛利剑、大炮枪支和战壕坦克的伤疤。"这句话印证了日渐被人们遗忘的欧盟存在的首要价值:以和平取代战争。

历史上欧洲烽火不断,17世纪以来就经常有思想家提出"欧洲联合"。直到二战后,和平共处的梦想终于照进了现实。而短短六十多年,欧盟就发展成为全球一体化程度最高的政治经济区域组织。

欧盟的初衷是和平与重建工程,欧洲一体化的大多数手段都是经济性的,但其驱动力和终极目标都是政治性的。例如逐一实现的关税同盟、单一市场和经济货币联盟,都具有经济和政治上的多米诺骨牌效应。

The European Union

Member States of the European Union (2013)
Candidate and potential candidate countries

* 欧盟 28 个成员国地图

---

* 本书封面图片及书中所有加"*"号的图片均来自欧盟委员会视听图书馆,© European Union,2014。

如今欧盟是全球第一大经济实体,更是国际舞台上独一无二的政治实体,其权力大于传统国际组织,小于传统主权国家,体系介于邦联和联邦之间,兼具"超国家"和"政府间"的特质。拉丁文中有个特别贴切的形容词叫做"sui generis",直译英文为"of its own kind",中文意思是"自成一类的"。

在这个自成一类的俱乐部里,既有"接地气"的免签申根区和统一货币欧元,也有"高大上"的外交安全及司法内政合作;既有政治、经济、法律、语言、文化、宗教等多样差异,也有自由、民主、福利、工业化、价值观等共性特征;既有成员国"自下而上"为欧盟政策制定注入元素,也有欧盟"自上而下"对成员国政治及政策制定施加影响。

当然,欧盟的权力都来自成员国的主权让渡。欧盟应当行使"必要的最小化权力",即只有当欧盟集中行使权力的成果大于成员国各自行使权力的成果时,这部分权力才应该让渡给欧盟。遵循这一理论,欧盟的权力集中在经济政策上,在贸易、竞争力等领域享有完全主权,在科研、发展、环境、能源、司法内政等领域与成员国分享主权,而在教育、文化、旅游、民事保护等领域仅扮演协调角色。

每个成员国都有平等的发言权,这是欧盟民主性的体现。话虽如此,德国、法国和英国在欧盟内部的核心地位不言而喻,大国享有更多资源、在欧盟拥有更多利益,因此向欧盟施加影响力的欲望更加强烈,最终心愿达成的概率也远远高于边缘小国。与此同时,成员国都经历着潜移默化的"被欧洲化",在适应欧盟游戏规则的过程中,自身的政治经济体系也在不断调整,颇有相互融合的趋势。有一种流行的说法尽管片面,但也非常形象:欧洲正在"德国化",德国也正在"欧洲化"。

近几年,在应对欧元区债务危机的过程中,德国既是欧洲经济的领头羊,也是欧洲一体化进程的火车头,德国与法国的联盟让笼罩在悲观情绪下的欧洲人为之一振。这不禁让人想起 1950 年《舒曼宣言》的历史性呐喊:"欧洲各国的团结一心,需要法国和德国放下历史宿怨。"

如今德法渐成国际上的和解典范,欧洲一体化进程却在经济、社会等多重危机的冲击下,犹如逆水行舟,不进则退,特别是一些成员国的反欧盟力量此起彼伏,团结又如何守得住?恐怕唯有守住民心,既要确保欧盟决策的民主合法性,也要让民众从决策中切实受益。

建成始末

经济危机持续数年，欧洲政治家们不时感到焦头烂额，如何保证增长、就业率和竞争力，是欧盟当前面临的难题。人们几乎快要忘记了，在20世纪40年代中期，那时欧洲最关心的问题还是如何避免下一场战争。

除语言、文化、宗教等传统差异外，经济和政治差异又使得欧洲大国之间缺乏信任。二战是130年里法国和德国之间的第四次战争了，等到1945年5月纳粹德国宣布无条件投降时，已经有无数人伤亡，无数城市被摧毁，整个欧洲的经济体系遭受重创，法国国内生产总值直接倒退至19世纪的水平。

战争让人们毛骨悚然，一体化最初的动力来源是避免战争的毁灭性打击，想方设法化解大国之间特别是德法之间的猜忌斗争。1946年9月，二战时期的英国首相温斯顿·丘吉尔在瑞士苏黎世大学发表题为"欧洲的悲剧"的演讲时说，必须重建欧洲大家庭，创建一个能够确保自由、安全与和平的机制，创建一个类似"欧洲合众国"的机构。

1949年，法国经济学家让·莫内提出，将法德两国的煤钢资源集中管辖，考虑到煤钢是军事和工业的原材料，集中管辖可以从物质上消除法德再次爆发战争的可能性。这一想法得到了法国外交部长罗伯特·舒曼的支持和推动。

1950年5月9日，舒曼代表法国政府发表的《舒曼宣言》提出：欧洲结成联邦首先是发展经济，欧洲煤钢联营的建立能够为其奠定基础，并改变其战争武器制造地的命运；通过设置一个约束法德及其他成员国的超国家权力机构，这将是建立欧洲联邦的第一步。（为了纪念《舒曼宣言》，5月9日被定为"欧盟日"。）

舒曼的倡议得到了德国联邦、意大利、荷兰、比利时和卢森堡等五个国家的积极响应。1951年4月，法、西德、意、荷、比、卢等六国在巴黎签署了《建立欧洲煤钢共同体条约》。次年，超国家性质的欧洲煤钢共同体正式成立，让·莫内出任主席。这六个国家正是今后推动欧洲一体化的最核心力量。

50年代初期，以上六国领导人还尝试过建立超国家防御共同体和政治共同体，不过后来法国议会对防御共同体的提议投了否决票，政治共同体的提议也再无下文。

欧盟委员会大楼前的舒曼纪念碑

　　1957 年 3 月,"初始六国"在罗马签署了《建立欧洲经济共同体条约》和《建立欧洲原子能共同体条约》(统称《罗马条约》)。次年元旦,欧洲经济共同体和欧洲原子能共同体正式成立。

　　《罗马条约》由一批高智商、略有理想主义的政治家和外交官们呕心沥血写作而成,耗时整整 9 个月。《建立欧洲经济共同体条约》中提出的自由商品贸易、自由服务贸易、共同对外贸易、共同农业政策、宏观经济协调等规划,都是对欧洲经济一体化的谋篇布局。

　　有意思的是,当时法国正经历政权动荡,暂时在任的法国政府支持《罗马条约》,而很可能重新掌权的戴高乐将军坚决反对超国家主义的一体化。其实《罗马条约》的具体内容尚未完全敲定,但为防止戴高乐上台后导致其夭折,签署仪式在罗马匆匆举行。

　　欧洲法庭一个叫皮埃尔·佩斯卡托的法官于 2007 年在 BBC 的一档节目中透

露,1957年3月25日《罗马条约》的签署现场,文件的封面封底印着四种语言,但封面封底中间并无条约内容,"初始六国"领导人实际是在一堆白纸上签了字。

1967年7月,欧洲煤钢共同体、欧洲经济共同体和欧洲原子能共同体正式合并,统称为"欧洲共同体",也就是欧盟的前身。1973年,英国、爱尔兰和丹麦的加入,则是欧洲共同体的首次扩大。

当时的法国总统戴高乐曾在1963年和1967年两次将英国拒之门外,主要是法国希望主导欧洲事务,担心英国对其地位构成威胁,也担心英国会影响正在建设中的法德联盟。

直到1969年戴高乐下台后,法国新政府认为英国能够对抗日益强大的西德,加上英国支持法国对超国家主义的谨慎态度、英国将成为共同体预算的净贡献国、英国市场的开放能够带来经济收益等因素,转而支持英国加入欧共体。

1981年,希腊加入;1986年,葡萄牙和西班牙加入。欧共体扩大至12国的同时,先后实现了共同农业政策、对外统一关税、取消内部关税和限额、建立统一对外贸易政策等,欧洲国家的经济利益逐步紧密相连。

1985年至1995年,法国人雅克·德洛尔担任欧盟委员会主席期间,经济一体化取得重大突破,单一市场的建成基本实现了商品、服务、资本和劳动力的自由流动,德洛尔对欧洲经济货币联盟和欧元的诞生也有突出贡献。

1991年12月,欧共体12国首脑签署了以建立欧洲经济

* 前欧盟委员会主席雅克·德洛尔

货币联盟和欧洲政治联盟为目标的《马斯特里赫特条约》，欧共体开始从经济实体向经济政治实体过渡。1993 年 11 月 1 日，欧共体更名为欧洲联盟。

1995 年，奥地利、瑞典和芬兰入盟。2004 年，波兰、匈牙利、捷克、斯洛伐克、爱沙尼亚、拉脱维亚、立陶宛、斯洛文尼亚、塞浦路斯和马耳他等 10 国入盟。欧盟迎来"大爆炸"的一年，地域和人口明显扩容，国内生产总值和贸易总额有所增加，但由于许多中东欧国家经济落后，欧盟人均国内生产总值下滑约四分之一。

早在 90 年代初期苏联解体后，中东欧国家就希望加入欧盟，但当时的欧盟 15 国考虑到这些国家贫困落后，且以农业发展为主，而欧盟绝大部分的预算都是用于支持农业和贫困地区发展，因此最初极不乐意。至于后来选择和中东欧国家分享一体化的成果，其根本动因还是政治性的。

2004 年"史上最大扩盟"后，欧盟 25 国首脑在罗马签署了《欧盟宪法条约》。由于需要成员国经全民公决或议会投票方式批准后，条约才能生效，而法国和荷兰的公决结果为反对，这一欧盟首部宪法就此搁浅。

究其原因，《欧盟宪法条约》表现出非常强的超国家主义特点，特别是宪法中提到设立欧洲理事会主席和欧盟外交部长、组建欧盟外交部、扩大欧洲议会权力、发展欧洲共同防御等，让法国、荷兰这样的强势成员国担心即将丧失许多核心主权。

德国在 2007 年接任欧盟轮值主席国后，主张重启宪法进程，最终 27 国首脑就一个替代原宪法的新草案达成了协议，欧洲理事会常任主席得以设立，欧洲外交部长的称呼被修订为"欧洲外交与安全事务高级代表"，"宪法"的说法再无踪迹。这一"去国家化"的《里斯本条约》最终于 2009 年正式生效。

2007 年，罗马尼亚和保加利亚入盟；2013 年，克罗地亚入盟。至此，欧盟拥有 28 个成员国，总人口超过 5 亿，总面积超过 430 万平方公里，官方语言有 24 种，国内生产总值排名世界第一（国际货币基金组织 2013 年 10 月预测为 17 万亿美元）。2014 年 1 月 1 日拉脱维亚加入欧元区后，欧元区成员国已有 18 个。

简而言之，横向扩张结合纵向深入，欧洲一体化一直是两条腿在走路。

走访欧盟诞生地

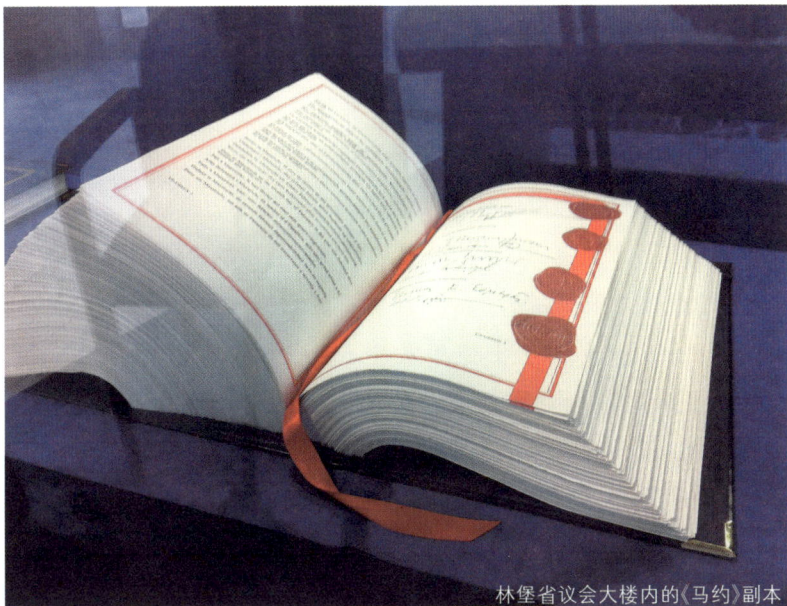

林堡省议会大楼内的《马约》副本

深秋的早晨，一阵风吹来，地上的红叶翩翩起舞。在马斯河畔，60岁的赫尔曼正独自垂钓，左手边摆放着收音机和保温杯，对岸就是荷兰东南部林堡省议会大楼——《马斯特里赫特条约》的诞生地。

作为林堡省的首府，马斯特里赫特始建于公元4世纪，一条南北向的马斯河将其分为东西两半，全城约有12万人口。这座历史文化名城一直深受旅行者和留学生的青睐，《马约》在此签署后更是名声大噪。

1991年12月，第46届欧共体首脑会议在这座砖红色的议会大楼内召开，会议通过了《欧洲经济与货币联盟条约》和《政治联盟条约》，合并称为《欧洲联盟条约》，也就是更为人熟知的《马约》。1992年2月，欧共体12国首脑再次回到这里举行了签字仪式，随后《马约》于1993年11月1日正式生效。

在赫尔曼和许多当地人心中，《马约》让他们引以为豪。正是《马约》将欧共体改名为欧盟，马斯特里赫特也因此成为欧盟的诞生地。《马约》还为欧共体建立政治联盟和经济与货币联盟确立了目标与步骤，提出了建立共同外交与安全政策,建成了欧洲统一大市场,实现了商品、资本、人员和劳务的自由流通,并促成了欧元的诞生和欧洲央行的成立。

荷兰林堡省议会高级顾问汉斯·艾伯森回忆说,第 46 届会议代表共有 39 人,包括 12 个欧共体成员国的首脑、外长及财长,以及当时的欧委会主席、欧盟财政事务委员和欧盟外交事务委员。会议原定一共两天,谈判直到第三天凌晨才结束,各国代表事先并未想到能够取得如此大的突破。

艾伯森作为《马约》谈判与签署的见证人,站在当年的圆形会议大厅里,许多场景依旧历历在目。他说:"看见那么多来自世界各地的媒体记者,我就猜想这可能是欧洲的历史性时刻。"

在艾伯森眼里,《马约》生效 20 年来,马斯特里赫特已经成为能够代表欧盟及欧洲的主要城市之一,就像是欧盟核心机构所在的布鲁塞尔、斯特拉斯堡、卢森堡等地一样。艾伯森说:"在这里,我能感到欧洲的真实存在。"

历史上的马斯特里赫特一度被法国、比利时等国占有,1830 年开始归属荷兰。由于地理位置上靠近比利时和德国,整个城市带有许多非荷兰的欧洲特征。当地名校马斯特里赫特大学以高度国际化著称,也是奔驰、惠普、沃达丰、DHL 等许多国际知名企业的重要驻点。

这是一座如此"欧洲化"的城市,城里的百姓似乎也有着更为强烈的欧洲认同感。在市中心的瑟莱克斯教堂书店,一位退休老先生甚至说:"我是荷兰人,我也是欧洲人,这两者在我心里是地位相当的。"

前比利时总理艾斯肯说过,《马约》某种程度上划分出了旧欧洲和新欧洲。《马约》生效 20 周年之际,欧洲正从过去几年的经济债务危机中缓慢复苏,《马约》之后的新欧洲能否朝着更紧密的经济与政治联盟再次迈步,也是欧洲百姓最关心的问题。

正如议会大楼外的老渔翁赫尔曼所说:"城里的年轻人越来越多,他们需要对未来充满信心,整个欧洲也需要找到正确的前进方向。"

(2013 年 10 月 30 日写于马斯特里赫特)

核心机构

欧盟机构繁复，法律政策广泛。欧盟共有五大核心机构，即欧洲理事会、欧盟理事会、欧盟委员会、欧洲议会和欧洲法院。

其中，欧洲理事会是欧盟政治级别最高的机构。欧盟条约对其具体职能并无明文规定，但欧盟的发展大计首先要在欧洲理事会层面上达成共识，才能转化成欧盟法律。

欧盟理事会则是欧盟最主要的决策和立法机构，首要职责是通过立法和政策决议。成员国政府都经由民主选举产生，欧盟理事会的成员又都来自成员国政府，这意味着欧盟的决策立法能够得到民主监督，成员国也一直是塑造和影响欧盟事务的最关键因素。

欧盟委员会作为欧盟的行政执行机构，使命在于捍卫欧盟条约及推进一体化进程，主要职责包括提出立法草案、监督法律落实等，在世贸组织等谈判中还能代表所有成员国，最突出的特点是拥有专属的立法提议权，例如在推动单一市场建设和签署《马斯特里赫特条约》等关键议题上功不可没。

＊欧盟委员会大楼前的欧盟盟旗

　　欧盟委员会实际上是一个超国家机构,目前28个委员分别来自28个成员国,但并不代表单个成员国利益,而是负责欧盟政策的各个专门领域。当然,这些委员在任职欧盟前大多是各成员国的高层官员,对与本国相关的事务还是异常敏感的。

　　欧洲法院是欧盟的最高司法机构,总部设在卢森堡,由每个成员国派出一名法官,主要审理以成员国为当事人的违反欧盟法律的案件,职责是确保欧盟法律的正确解释和贯彻落实,其审判的案例对一体化进程有着重要影响。

　　欧洲议会是欧盟另一大立法机构。相较于其他机构一目了然的职能,欧洲议会需要更多笔墨。

＊欧洲议会大楼里的半圆形会议厅

　　欧洲议会成立于1958年,其前身是欧洲煤钢共同体议会,1962年改为现名,1979年开始成为世界上唯一通过直选产生的跨国议会。议会每五年大选一次,由成员国直选产生相应数量的议员后,所有当选议员根据党派而非国籍组成党团,2009年至2014年届议会共有766名议员。

　　《里斯本条约》以来,欧洲议会权力明显加强,目前共有三大职能:共同立法权、部分预算权和监督权。欧盟多数法律法规由欧洲议会和欧盟理事会共同制定,但欧洲议会无权提议并通过任何法案,欧盟理事会又常在听取议会意见前就已达成初步共识,且有权在立法协商阶段推翻议会的修改意见或者无视议会的否决决议,因此议会的立法权多少有些"形式主义"。

预算权略微实在一些，议会能够和欧盟理事会一起通过或否决欧盟的预算方案，能够对欧盟的必要开支和非必要开支提出修改意见，前者由欧盟理事会作出最终决定，后者由议会和理事会共同决定。每当欧盟进行七年中长期预算规划时，议会就得以扮演重要角色，谈判过程也因此更加曲折，但在年度预算上，议会和理事会通常能按时达成一致意见。

监督权表现在许多方面，特别是欧盟委员会全体及其主席都要得到欧洲议会的任命。议会还有权提出动议，并可以三分之二票数弹劾欧盟委员会，2005年就差点出现这样的局面。

此外，欧盟委员会每年都要向议会递交上一年预算执行报告，议会也有权成立临时委员会调查可能出现的弊政或违法行为。议会每年还针对委员会递交的工作报告进行公开辩论，但并没有太多实际意义。

除8月假期外，欧洲议会每月召开一次全体会议，秋季还加开一次预算全会。全会经常就热点议题展开辩论和通过决议，议员不时义愤填膺地发表演讲，委员会和理事会领导人也要接受议员们的提问质询。由于议会中不同党派的观点理念存在分歧，会场上针锋相对的辩论实属家常便饭。

议会总部设在法国斯特拉斯堡，秘书处设在卢森堡，又在布鲁塞尔设有办公大楼。除全体会议在斯特拉斯堡召开外，其他会议在布鲁塞尔召开，议员们不得不频繁进行三地往返，时间成本高昂，人员和材料的运输成本每年还给纳税人额外增加上亿欧元的负担，因此经常被当地媒体诟病。尽管许多议员希望将总部迁至布鲁塞尔，但法国强烈反对，而根据欧盟条约，议会总部迁址须得到所有成员国的同意，因此至今维持现状。

直选产生的议会理论上应当代表着欧洲最广泛的民意。1979年首次直选时民众投票率高达62%，但此后一些成员国的主要党派对欧盟层面的竞选活动缺乏热情，并不重视国内的拉票活动，而许多民众也不关心欧盟事务，仅仅将投票或不投票视为对本国执政党作出肯定或否定的工具。

从1999年开始，议会大选投票率一直低于50%并持续下滑，2009年的投票率仅达到43%，直接引发了人们对欧盟民主合法性的质疑，此后欧盟机构一度陷入集体反思。如果2014年或以后的大选投票率继续下滑，欧盟恐要面临难以挽回的民主窘境。

预算——此消彼长　小钱大事

"英国老百姓可以为之自豪，欧盟的七年信用卡额度总算降低了，这可是史无前例的。"

——英国首相戴维·卡梅伦

2013年11月，欧盟2014至2020年中长期预算方案终于尘埃落定，这时候距离欧盟委员会首次提出预算草案已有近两年半的时间。新一轮七年预算总额为9 600亿欧元，这是欧盟历史上首次缩减预算，也是欧洲议会自《里斯本条约》生效以来首次发挥预算方面的"共同决定权"。

11月19日的欧洲议会全会上，议员们以537票赞成、126票反对和19票弃权通过此方案。当日，欧盟委员会主席若泽·曼努埃尔·巴罗佐立即表示欢迎，并称这是"面向未来"的预算方案。绿党党团却发表声明称，新一轮预算方案"毫无远见"，错过了对抗紧缩措施和刺激经济增长的良机，没有为欧洲当前的经济、社会与环境危机提出解决方案。

欧盟作为世界上第一大经济实体，却不能完全像主权国家一样行使职能，没有中央政府，税收能力有限，预算能力同样有限。事实上，欧盟预算仅占所有成员国国民总收入的1%左右，教育、医疗、福利、国防等公共财政的主要领域依旧掌握在成员国手中，许多由欧盟进行立法规范的领域也由成员国承担落实成本，欧盟与成员国之间基本不存在财政资源的转移或分配。

欧盟预算的经济影响力小到几乎可以忽略不计，政治影响力却不容小觑，有关预算的来源和分配也一直波澜不断。每七年一次的中长期预算方案谈判更加是外界关注的焦点，谈判的过程与结果也能够淋漓尽致地表现出欧盟机构之间、成员国之间，以及欧盟机构与成员国之间的相互较量与妥协。

预算特别峰会

2012 年 11 月的欧盟首脑特别峰会只有一个主题:2014 至 2020 年中长期预算方案谈判。相比以往,这一轮谈判的时机尤为敏感。此时债务危机已持续三年,政府财政紧缩逐渐成为欧洲的主要气候,重债国的大幅紧缩还惹来许多民怨。从表面上看,适当缩减欧盟预算似乎更符合各国政府的承受能力和各国民众的心理预期。稍加观察又会发现,欧盟机构与成员国的利益诉求错综复杂,绝非加减法那么简单。

此时欧盟及其成员国的基本共识是,既要适当紧缩也要实现增长。"大方向"虽然比较一致,"小利益"却互有冲撞,特别是具体到欧盟预算的规模与分配时,利益相关主体给出了截然不同的答案,立场相似的主体很快就结成了小阵营。

首先,欧盟委员会和欧洲议会一方面担心欧盟机构的行政运营开支被迫压缩,尽管这一部分只占到欧盟总预算的 6% 左右;另一方面考虑到英国、法国、德国等强势成员国的综合诉求,农业补贴预算裁减显然不易,最终方案可能影响到欧洲的经济活力,特别是科研、教育等领域的预算可能受到挤压。

其次,一些成员国以及欧盟委员会和欧洲议会坚持认为,债务危机下唯有新增预算才能拉动就业和经济增长;另一些成员国则主张跟随多国紧缩的脚步,避免纳税人的质疑或不满,减少欧盟预算规模。在这些冠冕堂皇的论据之外,成员国实际上更多考虑的是各自的收益,比如英国、丹麦、法国、德国、荷兰等预算净贡献国要求预算紧缩,而葡萄牙、西班牙、希腊、捷克、立陶宛等预算净受益国要求保持或新增预算。

无论是净贡献国、净受益国还是中间国,对于欧盟预算紧缩的首要担忧在于如何保护本国的既得利益,竭力追求利益最大化和损失最小化。例如法国和西班牙是共同农业政策的主要受益国,就反对减少农业补贴预算;而许多东欧及南欧国家主要受益于区域融合政策,则反对减少落后地区补贴预算。最直白的实例非英国莫属,其首相卡梅伦既要求欧盟大幅缩减预算,又要求欧盟不得减少英国目前获得的特殊返款,并威胁将"一票否决"任何不符合英国国家利益的预算规划。

　　面对几近"你失我得"的艰难谈判格局,23 日欧洲理事会主席范龙佩用一整个白天的时间与 27 国领导人分别"私聊",试图达成最广泛的共识,当晚烦躁而焦虑的"勾心斗角"大会持续到凌晨一时后暂停。24 日的谈判也未能实现任何突破。这是近年来谈判最为艰难而又无果而终的一次峰会。

　　这次峰会凸显出债务经济危机下欧洲一体化进程的深层次矛盾。即使许多欧盟领导人相信危机的根本解决办法在于加深一体化进程,促进成员国团结一致地实现欧洲共同利益,但在预算这样的现实问题面前,大多数成员国又死守着国家利益。

　　2013 年 2 月,欧盟再次召开特别峰会并重启预算谈判。这时候,范龙佩提出欧盟应当制定出一个鼓励青年就业、鼓励创新研发与教育的适度预算方案,德国首相默克尔也强调欧盟应当"谨慎花钱",而南欧国家依旧坚持新增预算。经过长达 24 小时的谈判后,成员国终于达成一致,新一轮七年预算将比 2007 至 2013 年的预算总额缩减 3%,主要从共同农业政策和区域融合政策中削减 879 亿欧元,同时促进经济增长与就业的预算将增加 340 亿欧元。

　　各国领导人在第二次预算峰会上都作出了一些让步,新一轮预算的结构也给欧洲经济复苏带来利好消息。然而,由于欧洲议会一直反对预算缩减,而成员国谈成的方案是比欧盟委员会最初提出的 1 万亿欧元削减了大约 7%,也有人担心欧洲议会可能对该方案使用"否决权",直到 9 个月后议会顺利通过该方案。

　　欧盟 2014 至 2020 年中长期预算方案主要包含六大领域:理性与包容性增长、可持续增长、安全与公民权、行政开支和资金补偿。其中共同农业政策和区域融合政策依旧是两大花销巨头,但相比以往的七年预算,新一轮预算结构确有改良,特别是促进增长与就业的预算大幅提高。其整体思路是将欧洲打造成一个低碳、有竞争力的经济体。

　　一方面,新预算能够体现欧盟未来一段时间的发展重心和政策倾向,比如新一轮预算中的 20% 均与气候领域密切相关,这个比例几乎是上一轮七年计划的三倍;另一方面,七年方案能够确保预算有规划、有纪律和可操控,每个单独年份的预算制定和落实也更加顺畅。中长期预算身兼数职,其谈判过程也好像是一面镜子,从中可以窥见欧洲一体化进程的戏剧纠结和任重道远。

预算来源与分配

上世纪 60 年代以前,欧盟预算微乎其微,平均每个成员国公民每年的贡献值不足 10 欧元,直到共同农业政策出台后,欧盟预算才开始大幅增加。1973 年首次扩盟后,区域融合政策的预算不断上涨,迫使共同农业政策预算逐渐下滑。从上世纪 90 年代开始,欧盟年均预算基本稳定在各成员国国民总收入的 1％左右,主要用于农业、贫困地区、科教文、对外援助和行政开支。

欧盟预算有四大来源:非欧盟国家进口商品关税、非欧盟国家进口农产品关税、增值税和基于成员国国民总收入征收的税金。在加入世贸组织、新添成员国、签署自由贸易协定、改革共同农业政策等进展下,欧盟前两种收入所占比例逐年下滑,约占预算来源的七分之一;增值税也呈下滑趋势;而基于成员国国民总收入征收的税金主要用于填补欧盟预算空缺,防止出现财政赤字。

欧盟预算取之于成员国,也用之于成员国,但成员国从欧盟预算中得到的净收益不尽相同,主要受惠国既包括最富有的卢森堡,也包括经济发展较为落后的希腊、葡萄牙和西班牙。以 2010 年为例,欧盟总开支为 1 220 亿欧元,每个成员国公民承担近 250 欧元;法国和西班牙是最大受益国,主要受益于共同农业政策和区域融合政策;若以人均受益计算,最大受益国则是袖珍富国卢森堡,人均3 000 欧元左右。

半个多世纪以来,欧盟预算的来源与分配上,成员国之间一直既有团结合作也有斗争较量。上世纪 80 年代早期,欧盟委员会一直受到预算困扰,每年的预算方案都会成为欧盟机构之间的争吵焦点。当时欧盟委员会财政责任不断扩大,特别是共同农业政策占据 70％的预算,所有预算来源不足以支撑这些财政责任。撒切尔领导下的英国政府反复要求减少英国对欧盟预算的贡献值,而欧洲议会又对预算权受限非常不满,希望通过每年的预算谈判提高议会的地位。

1988 年起,欧盟开始制定七年中长期预算方案,以此为每年每项支出设定上限,加强财政纪律的同时也使得年度预算的纠纷强度得到控制。当然,每七年一次的中长期预算谈判向来拖沓而艰难,且不说 2014 至 2020 年的谈判背景尤为复杂,此前 2007 至 2013 年预算谈判也耗费了 2005 年的两场欧盟首脑峰会及峰会前后的许多政治辩论。

在经历漫长的政治与利益较量之后,欧盟中长期预算方案必须获得欧盟委员会、欧洲议会和欧盟理事会的一致通过,通常由欧盟委员会提出草案并交给欧盟理事会,欧盟理事会通过后交给欧洲议会,欧洲议会有权批准最终方案,由议长签字并宣布通过。

欧盟预算备受关注的另一个原因是,欧洲审计院多次发现欧盟预算的管理不善和诈骗问题,其中许多问题都出现在成员国机构,因为 80% 的结算都通过这些机构来完成,这就暴露出欧盟委员会的预算监控系统存在漏洞,1993 年 3 月所有委员集体辞职也和预算监控失职有关,此后预算的监管和落实不断面临新挑战。

农业预算改革困局

欧盟预算一度最令人咋舌的地方是,超过 70% 的预算都用于共同农业政策。此后经过数次曲折的改革,比例下滑到 40% 左右,但依旧受到政治因素的左右。欧盟从上世纪 80 年代开始对预算结构进行调整,特别是新世纪以来,欧盟希望将预算优先项目逐渐从农业政策转向区域融合和竞争力政策,但 2004 年和 2007 年两次扩盟后,新加入的十多个成员国人均收入水平偏低、农业人口众多,预算结构调整说易行难。

共同农业政策创立于上世纪 60 年代,最初的经济学逻辑是通过设定最低价、征收关税、集中采购等手段,将农产品价格稳定在较高水平。该政策的主要受益者是那些产量大、效率高的欧洲大农场,高价格最后都由消费者来承担。最初几年农民对于相对较高而又稳定的价格感到很满意,农业产量也有明显提高,欧洲对进口农产品的依赖也开始下滑,农产品关税还可以给欧盟创收。站在消费者的立场看,当时平均工资增长速度远高于农产品涨价速度,两次世界大战留下的饥饿阴影也让消费者对富足的农产品感到很满意。

然而,事实证明共同农业政策的蜜月期非常短。二战后农业科技发展迅速,农产量增幅明显,化学农药、农业机械有利于增加产出并节省人力,这些新产品和新设备在当时还被称作"绿色革命"。由于共同农业政策鼓励产出,欧洲的农民纷纷使用新技术,农产量大幅提高,农产品总量开始出现过剩现象,远远超过市场需求。

　　欧洲很快从农产品净进口国变成了净出口国,这时候还想维持农产品的较高价格,已经难以通过对外来农产品征收高关税来实现。从 70 年代开始,欧盟大部分预算都用来高价购买过剩的农产品,而这样的做法立即带来许多问题,表现在预算负担、粮食浪费、农产品倾销、侵害其他国家的农业利益、环境恶化、农民数量减少等方面。

　　一方面,随着欧盟不断累积购买过剩的农产品,欧洲的大麦、牛肉和奶酪开始堆积如山,资料显示 1985 年欧盟囤积了 1 850 万吨麦片,平均每个公民约有 70 公斤,最后大部分都腐烂浪费了;另一方面,欧盟将许多过剩的农产品倾销到国外,世界农产品价格被迫下滑,因此激怒了许多农产品净出口国,特别是白糖倾销和棉花保护直接损害了世界上最贫困国家的利益。

　　此外,欧洲的农业产业化还给环境造成损害,特别是共同农业政策所鼓励的密集农业生产方式,给饲养动物带来许多痛苦。疯牛病和手足口病的爆发也使得很多欧洲国家开始反对工业化的农业生产方式,1991 年欧盟公民还上书欧

比利时郊外农场上的奶牛

洲议会,要求动物被当成有知觉的生命体,后来《马斯特里赫特条约》就包含一个保护动物的宣言,《里斯本条约》对动物的保护又更进一步。

　　欧盟面临极大的预算压力,欧洲的消费者也承担着农产品的过高价格,而农民收入却依旧偏低。1990 年欧盟 12 国农民的平均收入比工人的平均收入低40%,农业领域的就业人数还在不断下滑,许多农民认为即使有共同农业政策,农业收入的增长速度也远远落后于其他行业。问题的症结还在于,共同农业政策的利益分配并不公平,最大受益者是富农和农业企业,一半以上预算都给了大而富有的农场主,比如英国女王每年获得的农业补贴就超过 100 万欧元。这意味着 20% 的群体往往获取 80% 以上的补贴。

　　共同农业政策如此"吃力不讨好",实际上难以帮助弱小的农民和保护农村

的环境。然而,尽管欧洲农民仅占总人口的 5％ 左右,大农场主早已习惯了高额补贴,并且长期花重金维系共同农业政策。大部分农民都重点生产那些受到共同农业政策支持的农产品,直接受益于这些农产品的较高价格,一旦价格下滑,还是会影响到欧洲许多小农民的生计。

换个角度看,上世纪 60 年代的农业占欧洲经济与就业比例较高,而 21 世纪的农业重要性已经严重下滑,同时随着农业领域自身的变化,共同农业政策的深度改革势在必行。欧盟从上世纪 90 年代开始多次进行调整,特别是新世纪以来改革步伐加快,目前的共同农业政策已经从价格补贴式的体系,转变为收入补贴式并依赖市场价格调控的体系,农产品高价限制不断降低或取消,许多贸易争端和农产品浪费的问题得到了解决,但大农场主依旧是最大受益者,因为收入补贴还是和农场面积挂钩的。

2008 年欧委会决定公开所有获得共同农业政策补贴者的姓名、城市和邮编。2009 年 4 月,详细统计数据首次对外公开,大农场主因此面临很大压力。数据显示,一共约 2.5 万人接受补贴,但一半左右的补贴都给了前 2 000 名受益者;剩余一半的补贴在 2.3 万人中分配,并且没有花在农民身上,而是给了地主和农化品公司,因为欧洲 40％ 的土地都是租赁形式,实际耕种的农民并没有土地所有权,补贴都掉进了地主的腰包里。

共同农业政策也闹过一些政治丑闻,例如监管该政策的政客同时又是接受农业补贴的地主大户。2005 年,时任英国首相布莱尔提出共同农业政策改革,时任荷兰首相巴克南德原本支持布莱尔的提议,但时任荷兰农业部长菲尔曼立即以辞职作为威胁。后来人们才知道,菲尔曼本人所有的农场每年获得 19 万欧元的农业补贴。菲尔曼当时在接受英国《卫报》采访时甚至将他的农场比作“我的养老金”。

对于欧盟农业预算改革的必要性和大方向,许多政治家都心知肚明,但在许多成员国,农业是一个极具政治敏感性的领域,大刀阔斧的改革执行不易。倘若跨出欧盟共同农业预算的框架,考虑到每个成员国都有各自的特殊性,也许农业政策更适合在成员国层面进行协调和监管,尤其是随着农产品价格的逐步市场化,欧洲农业也可以更加自由地发展。

峰会——精英博弈　顶层设计

"在谈判桌上搏斗，总好过在战场上搏斗。"

——法国经济学家让·莫内

2013 年 12 月 19 日，布鲁塞尔舒曼广场的周边安保严密，进出广场需要出示工作证件，其他来往居民和通勤车辆需要绕道而行，地铁舒曼站也是经站不停车，19 日一早的抗议游行还导致附近多条道路交通瘫痪。广场一侧，欧盟理事会大楼外停满了卫星直播车，楼内灯火通明，政客、记者、保安和服务生各自忙碌着。

正在进行中的就是欧盟领导人冬季峰会。数十年来，这样的首脑会晤不断为欧盟发展提供政治指引和推动力，尽管政治决议并无法律效力，欧盟峰会却扮演着领航掌舵的角色，并一直是最受外界关注的欧盟常规大事件。

＊峰会期间，欧盟理事会大楼一层全是记者席。

高屋建瓴的核心机构

欧盟五大核心机构中,欧洲理事会和欧盟理事会因为一字之差特别容易混淆。前者的英文是 European Council,后者是 Council of the European Union,许多欧洲人也常感到摸不着头脑。

简要而言,欧洲理事会由欧盟及各成员国首脑组成,欧盟理事会由各成员国部长组成;欧洲理事会的政治级别最高但无法律效力,欧盟理事会和欧洲议会一起是欧盟立法机构。欧洲理事会的存在形式就是每年四次的正式峰会和其他非正式峰会。

欧洲理事会始于 1974 年的巴黎峰会,初衷是建立一个成员国首脑之间交换意见的非正式平台,却很快承担起引领欧洲前行的重任。欧洲理事会于 1992 年获得《马斯特里赫特条约》的正式认可,并在《里斯本条约》生效后成为欧盟核心机构。

欧洲理事会的正式成员有且仅有欧洲理事会主席、欧盟委员会主席和欧盟成员国首脑。不过根据每次峰会的议题需要,其他官员也会应邀参加。目前欧盟几乎所有重大决策都要先在欧盟峰会上达成政治共识。

此前,欧洲理事会主席由欧盟轮值主席国的国家元首或政府首脑担任,每六个月轮换一次。直到《里斯本条约》设立了欧洲理事会常任主席一职,通过绝对多数投票产生,每届任期两年半,最多连任一届。首任主席是前比利时首相赫尔曼·范龙佩,2010 年 1 月上任以来负责筹备和主持欧盟峰会。当地一些智库认为,范龙佩在危机蔓延之际保持了欧盟政策的延续性。

作为协商谈判的最高平台,欧盟峰会专注于欧洲一体化路上最迫切、最关键的议题。全球金融危机和欧洲主权债务危机爆发以来,绝大多数正式和非正式的欧盟峰会都被经济议题所主导,财政联盟及其他"干货型"决议也恰恰是在危机水深火热之时取得突破的。

应对危机的历次峰会

2009 年底至 2013 年底，欧盟领导人峰会共有 20 多次，除《里斯本条约》规定的每年春夏秋冬四次正式会晤外，还增开了许多非正式会议。这些峰会基本上围绕着危机救援和经济治理，谈判过程与决议不断向国际市场释放积极或消极的信号，也有少数几次峰会涉及欧盟的外交和内政议题。

这几年的欧盟峰会都与经济及债务危机有着千丝万缕的联系，危机的蔓延或遏制对会场的气氛及达成的协议均有重大影响。尽管有些峰会不欢而散或无果而终，纵向来看这些峰会依旧具有很强的延续性。且以 2013 年的几次峰会为例，来看看首脑会晤具体谈些什么。

先说 2013 年冬季峰会，这是全球金融危机爆发以来，欧盟领导人首次聚焦共同安全与防务议题，北约秘书长拉斯穆森也应邀参会。一方面防务问题日积月累，领导人希望集中商讨；另一方面债务危机明显缓解，欧洲经济呈现缓慢复苏迹象，经济议题不如以往那么迫切。

拉斯穆森呼吁欧盟发展军事能力，并继续加强与北约的合作。欧盟领导人也很快达成协议，提出增强共同安全与防务政策的有效性、注重发展军事能力和强化国防工业等三项举措。不过，共同安全与防务政策一直空有其名，一旦涉及武器研发、军队建设等敏感议题，成员国谈判往往难有实效。

此外，欧盟财长赶在峰会召开前就银行业单一清算机制达成了协议，峰会上领导人也对该协议表示政治上的支持，这是欧盟建立银行业联盟的关键步骤。范龙佩还表示，欧盟希望尽快与乌克兰签署联系国协定，此前乌克兰选择了暂停与欧盟签署联系国协定，转而从俄罗斯获得廉价天然气供应和 150 亿美元援助金。

圣诞假期前的这一次峰会决议本身波澜不惊，峰会前欧盟总部附近的抗议游行却较为激烈。示威者们燃起了柴火堆，树枝上挂着"危机快乐"（"Merry Crisis"）的讽刺标语，有些抗议者还遭到警察拘捕。另一个让欧盟愤怒或不安的消息是，标准普尔宣布将欧盟长期债务评级从 AAA 下降到 AA＋，这意味着欧盟 28 个成员国信誉度集体下降，标普的理由是欧盟的凝聚力正在减弱。

▲欧洲理事会主席范龙佩
◀欧盟委员会主席巴罗佐
▼北约秘书长拉斯穆森

2013 年秋季峰会的最大热点是持续发酵的美国"窃听门"丑闻。法国总统奥朗德要求美国作出解释,德国总理默克尔直言盟友间的窃听行为是"完全不可接受的",当晚针对这个单一主题的会谈就持续到凌晨两点。随后一份措辞谨慎的集体声明称,法国和德国主张与美国对话,就情报收集和隐私保护达成双边协议,欧盟领导人的沮丧与懊恼情绪难以掩饰。

峰会前一天,德国政府称默克尔的手机可能遭到美国情报机构监听,默克尔立即致电奥巴马表示抗议,次日德国外交部也紧急召见美国驻德国大使要求解释。白宫回复说,美国现在没有监听默克尔的手机,将来也不会监听,而这在德国看来,美国很可能监听过默克尔的手机。之前法国媒体也爆出美国国家安全局从 2012 年 10 月 10 日至 2013 年 1 月 8 日监听了 7 000 多万个法国公民的电话,奥朗德也致电奥巴马要求解释。

此前"棱镜门"期间,欧洲媒体就爆出欧盟在华盛顿、纽约和布鲁塞尔等地的办公楼遭到美国窃听,引起当地舆论一片哗然。新一轮"窃听门"使得欧美之间的信任危机进一步加剧,也导致一些成员国对欧美自由贸易协定谈判失去热情。即便如此,欧洲还是希望与美国保持战略盟友关系,法德等核心成员国也希望尽快化解这场外交危机,而全球最大的自贸协议一旦谈成,将给欧盟带来上千亿欧元的收益。

2013 年夏季峰会的关键词是青年和就业。欧盟领导人将青年失业视为"燃眉之急",同意推出包含至少 80 亿欧元专项基金的一系列刺激和保障方案,力求以更快的速度和更大的力度妥善安排 560 万失业青年,防止经济与社会危机继续蔓延。

欧盟还提出,获得专项拨款的成员国应在 2013 年底前实施青年就业保障计划,确保本国 25 岁以下的青年在毕业或失业四个月内能够获得工作机会或接受教育培训。欧盟的促就业举措也包括利用现有奖学金项目促进欧洲青年跨国流动,借助欧洲投资银行的专项贷款鼓励中小企业发展,以及推动成员国教育和培训体系改革等。

当然,这些还是治标不治本的过渡之举,欧盟委员会负责就业、社会事务及社会融合的委员拉斯洛·翁多尔也表示,青年就业方案能够缩小南北欧之间的竞争力差距,但创造就业的主动权始终掌握在成员国手中,只有成员国政府通过减轻中小企业税务负担、推动劳动力市场改革等手段，才能从根本上促进青年就业。

2013年春季峰会上，欧盟领导人重申经济增长与就业是欧洲面临的最大挑战，呼吁成员国寻找财政紧缩与刺激增长的平衡点。峰会正赶上欧元区经济持续萎缩、失业率不断攀升，市场期待值很高，可惜并未达成任何立即促进经济增长的实质性举措。

这算是全年最乏味的一场峰会。在这之前，2013年的开局峰会是2月举行的预算特别峰会，领导人经历了超过24小时的谈判拉锯战后，"内力"损耗严重，最终就欧盟2014至2020年中长期预算方案达成协议，设定了9 600亿欧元的七年预算上限，这也是欧盟历史上首次缩减预算。

再简要回顾一下2012年的7次峰会，这应当是欧盟历史上峰会最频繁的一年。正如欧洲理事会的年度报告开篇所说，2012年是欧洲经济危机的艰难转折点。1月特别峰会，英国和捷克之外的欧盟25国谈成了"财政契约"草案；3月春季峰会，议题从危机救援转向经济增长，范龙佩当选并连任主席；5月特别峰会，围绕增长与就业的探讨并无实际成果；6月夏季峰会，彻夜谈判后达成了1 200亿欧元的一揽子"增长计划"；10月秋季峰会，同意在2013年前搭建起银行业单一监管机制的法律框架；11月预算特别峰会，由于成员国分歧明显，谈判推迟至次年初；12月冬季峰会，就建立统一银行业监管机构达成协议。

2011年的峰会主要围绕"欧洲稳定机制"、"财政契约"、"阿拉伯之春"、申根改革及共同难民政策、G20和气候大会立场等议题，明显比2012年的议题更加宽泛，但基本上还是被应对危机所主导。例如，2011年2月特别峰会的原定议题是能源和创新，但最终领导人就分别建立临时救助机制和永久救助机制达成一致。2010年除了应对危机、G20和气候大会立场等议题，还讨论并通过了"欧洲2020战略"，明确2010至2020年的发展目标。

"通宵达旦"与"免费午餐"

许多常驻布鲁塞尔的中国记者都将欧盟峰会戏称为"疯会"。至于"疯"在何处，关键词大概是"通宵达旦"。特别是危机爆发以来，许多须发皆白的领导人竟习惯于频繁进行深夜谈判，稍不留神就已天色微明。

一方面欧洲人喜欢在饭桌上不紧不慢地商谈，另一方面记者也猜测是否深夜"疲劳战"更容易达成妥协，因此领导人总是一起共进晚餐，并在晚餐后继续谈判。债务危机最为牵动市场神经之际，欧盟峰会的挑灯夜战也愈发不可收拾，有一次范龙佩就满眼血丝地站在发言台上。

各国记者也经常熬到天亮，新闻发布会结束后还要连续发稿。例如 2012 年的夏季峰会一直持续到凌晨 4 点，还有 2011 年的冬季峰会使得许多记者忙到早晨 8 点才回家。不过记者们逐渐习以为常，更何况此前会议期间的午餐、晚餐、咖啡和点心都向记者免费供应，电话、打印机等设备齐全，有个角落还专门帮助摄影记者清洗相机镜头，可以说工作环境优良。

峰会上的摄影记者

　　领导人共进晚餐或激烈争吵时,记者们准备稿件之余,看电影、刷社交网站都是打发时间,况且范龙佩的 Twitter 账号更新很快,经常可以根据他的推文在发布会召开前抢发快讯。每年夏季峰会又常和欧洲杯赶在一起,会场里的电视屏幕也会转播球赛,记者们打趣道,"领导人也是一边谈判一边看球吧?"

　　领导人会场外,最热闹的地方就是离发布厅不远的吧台区,世界各地的记者手里捧着咖啡或是啤酒,有一搭没一搭闲聊,几场峰会后就能结识不少圈里的朋友,相互留下邮箱和社交账号,赶上重大的欧盟新闻还能互相通气。

　　免费餐饮是欧盟记者圈里一个百说不厌的话题。但凡有欧盟记者证的记者,都可以申请峰会报道证,这样就可以享用免费餐饮。地下一层的餐厅种类齐全,每次都有牛排、鱼排、意大利面等四五种主菜供选择,另有各式沙拉、前菜和甜品,所以每到饭点,几乎所有记者的餐盘都摆放得满满当当。坦白说,食品浪费不在少数,"蹭饭"记者也不在少数。

　　峰会开销都由轮值主席国承担,这确实是一笔不菲的费用,还有记者偷偷"外带",多拿几个三明治塞在包里。听说债务危机爆发前,轮值主席国还向记者们分发雨伞、U 盘等礼品;后来许多成员国迫于危机,频频削减财政支出,峰会期间的记者证都开始循环使用,餐饮咖啡也从 2013 年春季峰会开始悄然收费。

　　聊起此事时,法国 24 台的一名记者对我说:"没有一家欧洲媒体在新闻里提到餐饮重新收费的事,我们过去一直花着纳税人的钱,实在很羞愧。"

　　我记得当时点了一份煎鱼和一瓶果汁,共计 6.4 欧元。我也注意到,以往大家从前菜吃到甜品的丰盛景象已经非常罕见,大多数记者面前仅有一份主菜,还有自带矿泉水的。债务危机几年下来,欧洲老百姓被迫勒紧裤腰带,节俭之风也总算吹到了峰会上。后来的几次峰会上,理事会大楼的人气当真是大不如前。

　　此处再附上两篇峰会花絮,希望尽可能还原现场气氛:

欧盟峰会外的记者

8 日傍晚开始的欧盟领导人冬季峰会经过近 10 小时的闭门"恶战",于 9 日凌晨 5 时左右结束。坚守在欧盟理事会大楼里的数百名峰会记者们,终于盼来了苦等良久的新闻发布会。

欧盟理事会大楼内的新闻发布厅,峰会期间欧盟三大机构领导人的发布会都在这里举行。

债务危机爆发两年多来,欧盟及欧元区领导人峰会拖延至深夜已成"家常便饭",大多数常驻布鲁塞尔的记者们在漫长的等待中也逐渐习惯了苦中作乐。

当欧盟 27 国首脑为求解欧债危机于凌晨"激辩"之时,欧盟理事会大楼内人满为患,专供记者休憩的咖啡吧更是热闹非凡。捧着咖啡和点心的记者们相互开着玩笑:"要说这是一顿夜宵,还不如算一顿早餐呢。"

荷兰记者马尔科跟踪欧盟报道已有 10 多年,大约参加了 30 次大小峰会。11 年前《尼斯条约》草案审议通过时,他曾通宵达旦苦熬;今年 11 月的欧盟秋季峰会上,他等到凌晨 4 点,新闻发布会才召开;而这一次,发布会又晚了一个小时。

"上次我听完发布会,写稿写到早晨 7 点,回到家刚好赶上送女儿上学,"马尔科笑着说。不过至少有一点他很感谢欧盟峰会:正是在这里他遇见了自己现在的妻子。

虽然对马尔科的"艳遇"艳羡不已，但第一次参与报道欧盟峰会的伦敦记者彼得摇着头说，发布会等到后半夜还没消息，"以后再也不想来了"。

后半夜着实令人犯困，但很多文字记者还在专心写稿，一些摄像摄影记者不时摆弄着设备，与周边同行谈天说地。角落里坐着 10 多个打瞌睡的记者，他们时不时睁眼观察一下，见发布会还没踪影，就再抓紧时间小睡一会儿。

欧盟的新闻发布会通常在一个拥有 320 个席位的会议厅召开，席位四周分布着 10 个同声传译玻璃小屋。

布鲁塞尔记者协会会长托马斯常年和驻在当地的各国记者打成一片。他早已预料到这次会是一场"恶战"，一来就找熟识的记者聊天、交流信息、结伴活动，共同耐心等待法德推动欧盟条约修订与建立财政联盟的最终结果。

本次冬季峰会对欧债危机的解决及欧元区的未来尤为关键，默克尔 8 日晚抵达时明确表示欧元区必须有所作为，朝着财政联盟迈出坚实的步伐。"默克尔这次是扮演'铁娘子'的角色，不达目的誓不放弃，"托马斯发表议论说。

（2011 年 12 月 9 日写于布鲁塞尔）

难得"祥和"的峰会

债务危机爆发以来，欧盟领导人在布鲁塞尔的数十次会晤总是充满着各种焦灼与紧张的商谈。1 日至 2 日举行的 2012 年春季峰会上，气氛却大有好转，政治家和记者们都显得异常轻松惬意，欧盟理事会大楼内可谓一片"祥和"。

这一切源于峰会开幕前的一些市场利好消息。例如希腊第二轮救助方案达成在望，也源于本次峰会的"正面"议题，包括交流探讨经济增长与就业、投票同意欧洲理事会主席范龙佩连任、同意给予塞尔维亚候选成员国资格、讨论保加利亚和罗马尼亚加入申根区、签署"财政契约"等等。

1 日下午，欧元集团主席容克在欧盟领导人正式会谈前宣布，欧元区 17 国财长对希腊为获取第二轮救助贷款而作出的努力表示满意，客观上避免了希腊再一次喧宾夺主、占据峰会核心议题的可能性。

欧债危机持续多时，短期救助方案一直占据着欧盟领导人的主要精力，而本次春季峰会是两年来领导人们首次心无旁骛地探讨增长、就业、结构性改革等立足长远的议题，在这些问题上成员国之间利益也无明显冲突，关系得以瞬间融洽。

　　1日傍晚，领导人会谈期间，范龙佩官方微博上发表消息称，他已成功获选连任欧洲理事会主席一职，并在数十分钟内连发13条微博，对连任表示"荣幸"和"感谢"，同时誓言继续以欧洲经济发展为其第一要务。

　　随后范龙佩和欧盟委员会主席巴罗佐的例行联合发布会于23时举行，这相比以往多次拖延至凌晨三四点的新闻发布会，可算是理事会大楼里数百名记者们的福音。

　　发布厅内座无虚席，一向严肃内敛的范龙佩开场就逗乐了许多记者。他说，这次峰会的几乎所有议题都以英文字母"S"开头，包括 Serbia（塞尔维亚）、Schengen（申根）、Southern neighborhood policy（南部睦邻政策）、Sign（签署"财政契约"）和 Second mandate（他本人的第二届任期）等等。

　　范龙佩随后介绍说，1日晚领导人会餐期间，主要交流了结构性改革等有关长远利益的话题，瑞典、德国等还向其他欧盟国家介绍了本国经济增长与就业发展的成功经验，这被中国记者戏称为难得的"形势务虚会"。

　　巴罗佐在发言中也强调，欧盟应当从"危机模式"过渡到"增长模式"。更有意思的是，他在发言开篇足足用了1分30秒时间向范龙佩的连任表达祝贺，并对范龙佩的领导艺术大加赞赏，丝毫不吝惜表达其钦佩之情，为会场增添许多愉悦气氛。

（2012 年 3 月 1 日写于布鲁塞尔）

欧债——最大挑战　难得机遇

"不要浪费一个好危机。"

——英国前首相温斯顿·丘吉尔

自爆发以来，欧元区主权债务危机就是欧洲乃至全球的焦点。市场动荡、政府更迭、百姓抗议、失业剧增、经济倒退，社会迷茫，无一不是"危"之所在；强化财政纪律、加大银行业监管、推进社会改革、建立更紧密联盟，则是危机促成下的历史机遇。

从2009年底至今，大到欧洲社会向"左"还是"右"，小到欧盟领导人峰会餐厅是否对记者收费，都能从债务危机中找到答案。这场史无前例的危机的影响力，也在书中几乎所有章节均有体现。

欧元"先天不足"，欧元区财政监管不力，南北欧经济差距显著。但是，欧盟还算是经受住了考验，救援之余看准了改革方向，通过督促成员国改革、建立财政联盟来化解和防范危机，尽管过程极为漫长艰难。

从金融市场的波动来看，债务危机已近尾声，但胜利还言之过早，尤其是危机"倒逼"一体化的力量弱化后，欧洲的财政监管与经济治理还要继续推进。高失业率也是不容忽视的挑战，关键要避免"头痛医头，脚痛医脚"的权宜方案，实现竞争力提升和经济增长，真正化危为机。

* 2002年1月1日，欧元正式启用。

货币联盟

19世纪以前,欧洲以金、银为货币,当时金银之间的兑换率取决于开采量。英国首先决定采取金本位制度,但金银币一度在欧洲大陆上并行流通,特别是德国、荷兰等国家倾向于银币。19世纪中叶起,世界黄金产量剧增,欧洲大陆逐渐不再使用银币。1865年,法国、比利时、意大利和瑞士成立了拉丁货币联盟,试图确保金银两种货币,1868年希腊也加入这一联盟。

某种程度上来说,这算是欧洲建立货币联盟的首次尝试。不过,普法战争后,法国向德国支付了大笔黄金赔款,德国从银本位转向金本位并出卖大批白银后,法国被迫关闭银币铸造厂,拉丁货币联盟的成员国一起转向金本位,拉丁货币联盟也以失败告终。19世纪晚期,价值与黄金挂钩的纸币就出现了,后来现代的货币联盟就统一使用纸币,且由中央银行统一发行。

以美元为中心的布雷顿森林货币体系崩溃后,欧洲大国对货币紊乱感到焦虑。1978年,欧共体领导人就建立欧洲货币体系达成协议。其核心是1979年建立起来的汇率机制,通过稳定汇率,防止欧洲受到国际货币市场动荡的影响。

1986年的《单一欧洲法令》提出最晚在1993年初建立单一市场,实现商品、服务、资本和人员的自由流动。单一市场建成后,货币一体化就势在必行。1992年签署的《经济与货币联盟条约》提出最迟在1999年1月1日前建立经济货币联盟,在联盟内实现统一货币、统一央行及统一货币政策。

1998年欧洲央行成立,1999年欧元启用,德国、法国、荷兰、比利时、卢森堡、意大利、葡萄牙、西班牙、奥地利、芬兰和爱尔兰等11国是第一拨欧元区成员,希腊也于次年加入。2002年欧元正式取代成员国国家货币,不过当时英国和丹麦决定暂不加入,瑞典也以不加入汇率机制的方式选择留在欧元区外。

斯洛文尼亚、马耳他、塞浦路斯、斯洛伐克和爱沙尼亚等国也陆续加入,2014年1月1日新加入的拉脱维亚是欧元区第18个成员国,欧元区总人口超过3.2亿。根据入盟协议,后来加入欧盟的国家最终都应该加入欧元区。

欧元启用至今,短短15年时间。当初建立货币联盟的预期收益显而易见:政治上,货币一体化是最终实现"联邦欧洲"的重要基石,能够为政治一体化奠定基础;经济上,共同货币意味着市场稳定、价格透明、无货币兑换损耗、无浮动汇率,有利于提高商业信心,带动经济增长和投资。

但对于成员国来说,高回报也意味着高代价、高风险。政治上,成员国需要放弃国家货币,而国家货币既有象征意义也有实际主权意义;经济上,成员国政府对本国经济的调控能力减弱,单一汇率未必适合本国经济状况,也无法再通过货币贬值来提升竞力,其他成员国的经济问题还可能波及本国。

很早就不断有专家指出,欧洲货币联盟的良好运作必须建立在共同财政政策和政治联盟的基础上,但其推动难度可想而知。直到发生了主权债务危机,暴露出欧元区架构的"一刀切"、监管不力、纪律缺乏等许多缺陷。

《经济与货币联盟条约》为加入欧元区制定了五项趋同标准:通货膨胀率不能超过三个最低通货膨胀率国家平均率的 1.5%,长期利率不能超过三个最低通货膨胀率国家的平均利率的 2%,政府年度预算赤字不能超过国内生产总值的 3%,政府累积债务不能超过国内生产总值的 60%,以及本国汇率须在两年内保持在欧洲汇率机制允许的范围内。但是,希腊申请加入时,高盛公司对其未达标的财务数据做了"技术处理",恰恰埋下了危机的种子。

1997 年通过的《稳定与增长公约》也是为了防止通货膨胀、力保欧元稳定,规定成员国政府年度预算赤字不能超过 GDP 的 3%、累计债务不能超过 GDP 的 60%。然而,多个成员国先后违约,却从未落实过违约相关的制裁手段。

新世纪初,年度赤字违约行为导致欧委会、欧洲央行和一些成员国之间出现重大分歧。2002 年,欧委会认为德国预算赤字偏高,但是德国在财长会上成功拉拢英、法、意等国,联手提出欧委会过于严格,成员国预算缺乏自由。后来德国承诺在 2004 年之前削减赤字,欧委会则不再向德国提出批评警告。

德国作为《稳定与增长公约》最初的推动者,却利用其政治影响力,带了个坏头。后来矛盾更加尖锐,2003 年欧委会针对德国和法国的违约提起诉讼,也得到了欧洲法院的支持,但最终被改变的却是《公约》本身。

根据修订后的《公约》,在一些极为特殊和临时的情况下,特别是低增长、高失业等特殊情况下,成员国预算赤字可以超过 GDP 的 3% 而免于受罚。

很快,全球金融危机和经济危机爆发后,这一条款遭到频繁适用,许多欧元区国家依赖财政刺激计划缓解低增长、高失业等问题,《公约》的条条框框不断被打破,后来的债务危机一发不可收拾。

欧债大事记

2009 年底，希腊政府宣布当年财政赤字占国内生产总值比例将超过 12％，远高于欧盟设定的 3％上限。随后惠普、标普和穆迪三大国际评级机构相继下调希腊主权信用评级，债务危机由此正式上演，并逐渐向爱尔兰、葡萄牙、西班牙和意大利等债务问题突出的欧元区国家扩散。

2010 年 4 月，希腊正式向欧盟和国际货币基金组织（IMF）申请援助；5 月，欧元区财长决定联手 IMF 为希腊提供总额 1 100 亿欧元的贷款，开创了欧元历史上救助成员国的先例，随后一起设立总额 7 500 亿欧元的稳定机制，成为此后救助重债国的主要火力。

2010 年 10 月，欧盟通过经济治理改革方案，决定从强化财政纪律、建立欧元区永久性救助机制等方面堵住债务危机暴露出来的体制性漏洞；11 月，爱尔兰正式申请救助；12 月，欧盟就建立欧元区永久救助机制达成一致。年底"欧猪五国"纷纷出台财政紧缩计划，引发国内民众轮番抗议。

2011 年，意大利告急，债务危机从外围侵入内核；爱尔兰、葡萄牙、希腊、意大利和西班牙陆续发生政治"地震"，欧洲经济、政治和社会乱象难以遮掩；欧元债券、财政联盟等提议陆续登场，债务难题依旧难解。

2011 年 3 月，欧盟出台首份综合性应对方案，内容包括扩大现有救助机制的规模和用途、为希腊等国接受救助减负、开展新一轮银行业压力测试等短期举措，以及深化经济治理改革、建立欧元区永久性救助机制、促进经济趋同等长效举措。

2011 年 7 月，欧元区同意对希腊展开第二轮救助，并首次提出让持有希腊国债的银行等私人投资者为救助希腊出力，由此开启了希腊债务违约的大幕；10 月，欧元区领导人提出，私人投资者需对希腊国债进行 50％的减记。

2011 年 11 月，二十国集团戛纳峰会前夕，时任希腊总理帕潘德里欧宣布，希腊将对欧盟最新援助方案举行全民公投。虽然公投最终被放弃，这出闹剧却将欧元区不会"分家"的政治禁忌击得粉碎，希腊得到的警告是如不听话将被踢出欧元区。这时候外界对欧元区解体的担忧骤然加重。

2011 年 12 月，标普将包括德国和法国在内的 15 个欧元区国家的主权信用

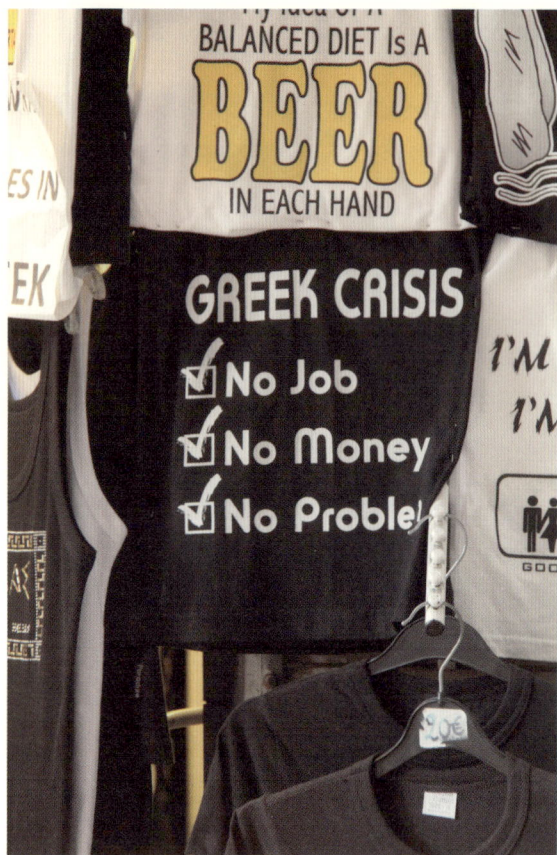

2011 年夏天,在雅典市中心,一件旅游 T 恤透着希腊债务危机中的黑色幽默:"没钱,没工作,没问题。"

评级列入负面观察名单;德国和法国在危难时刻抱团发挥大国影响力,提出另立"财政契约",强化财政纪律,弥补欧元财政的"短腿"缺憾。

2012 年 3 月,欧元区批准总额 1 300 亿欧元的希腊第二轮救助方案;除英国和捷克外,欧盟 25 国领导人正式签署"财政契约",全名"欧洲经济货币联盟稳定、协调和治理公约"。根据契约,欧洲法院将有权对结构性赤字超过 GDP 0.5%的成员国进行处罚,处罚最高金额不超过该国 GDP 的 0.1%。欧元区国家的罚款纳入欧洲稳定机制,非欧元区国家的罚款纳入欧盟预算。

2012 年 4 月,葡萄牙正式申请救助;5 月,西班牙发行的国债收益率超过 4%,创下新高;6 月,欧盟委员会公布一项银行业改革草案,德国总理默克尔呼吁欧洲需要建立一个"政治联盟",西班牙和塞浦路斯正式申请救助;欧盟领导人通过"增长与就业契约",推出 1 200 亿欧元的一揽子经济刺激计划。

2012 年 7 月,欧盟委员会、欧洲央行和 IMF 组成的"三驾马车"代表团前往希腊对救助协议的执行情况进行评估,以此决定是否发放下一笔救助贷款;穆迪将德国、荷兰和卢森堡三国的信用评级前景从"稳定"调为"负面",引起西欧普遍不满;欧洲央行行长德拉吉表示,将尽一切手段捍卫欧元,防止欧元区瓦解,这一表态给全球金融市场注入强心剂。

2012 年 9 月,欧洲央行又出台新的"购债计划",进一步稳住市场信心;欧委会提出建立银行业联盟的路线图,即建立银行业统一监管体系。

2012 年 10 月,欧盟获得诺贝尔和平奖,诺贝尔奖评审委员会主席亚格兰在颁奖词中说,欧盟在过去 60 年里,为促进欧洲的和平与和解、民主和人权做出了贡献。和平奖来得有些突然,但也可以解读为危机时刻的鞭策鼓励。

2012 年 12 月,欧元集团批准向希腊发放 491 亿欧元的救助资金。全年来看,欧盟从一开始的救援式应对危机,过渡到银行业联盟等长远布局,并强调紧缩与增长并重,在标本兼治的思路和行动下,债务危机有明显缓解,但经济形势依然严峻。

2013 年 1 月,欧委会发布的就业与社会发展年度报告指出,欧盟失业率创下 20 年来新高,南北欧差距进一步加大,希腊、西班牙、塞浦路斯、爱沙尼亚、爱尔兰等国家庭可支配收入出现下滑,德国、波兰、法国等家庭可支配收入却有所上升。

2013 年 2 月,欧盟领导人同意拨款 60 亿欧元用于刺激青年就业,但外界认为这笔专项基金杯水车薪。6 月,欧盟领导人又决定从原计划的 60 亿欧元上调到 80 亿欧元,连续七年从欧盟预算中划拨,希望帮助解决 560 万青年的失业难题;同时就 2014 至 2020 年 9 600 亿欧元的中长期预算方案达成一致,这有利于科研、就业、中小企业发展等领域尽快获得资助。

2013 年 7 月,欧洲理事会批准拉脱维亚于 2014 年 1 月 1 日加入欧元区。8 月,欧盟统计局数据显示,第二季度欧盟 GDP 和欧元区 GDP 均环比增长 0.3%,这是 2011 年第四季度以来的首次增长,也意味着欧元区结束了自成立以来历时最长的经济衰退。

　　2013 年 9 月,巴罗佐在年度"盟情咨文"中表示,欧洲经济复苏已经走上正轨,但高失业率无论从政治、经济还是社会角度都难以持续,就业危机成为欧盟最紧迫的挑战。

　　2013 年 11 月,欧盟统计局数据显示,第三季度欧盟 GDP 环比增长 0.2%,欧元区 GDP 环比增长 0.1%,都是连续两个季度实现增长。

　　2013 年底,爱尔兰成为首个退出救助计划的国家,当年 GDP 增长已达 0.3%,西班牙救助到期后也正式退出救助计划。2013 年全年,欧盟和欧元区 GDP 增长率分别为增长 0.1% 和下降 0.4%。

　　2014 年 1 月,巴罗佐在达沃斯论坛期间说,欧洲经济已经出现转机,但危机尚未结束,失业依旧严重。默克尔则在政府声明中警告说,债务危机虽然得到某种控制,但尚未彻底战胜,欧盟依然缺乏经济政策的协调能力。

　　2014 年 2 月,欧盟统计局初步统计数据显示,去年第四季度欧盟 GDP 环比增长 0.4%,欧元区 GDP 环比增长 0.3%,均实现连续第三个季度增长。"欧猪五国"的国债收益率也在回落,西班牙和葡萄牙的国债收益率已经降到 2014 年初以来的最低水平。

　　为防患未然,欧洲央行将于 2014 年 11 月 4 日起承担欧元区银行业单一监管的职能,欧洲银行业还计划在 10 年内用自有资金建立一个 550 亿欧元的单一清算基金。这都是银行业联盟的关键步伐,但要最终实现对所有银行进行单一监管、单一清算和统一保险,道路依旧漫长。

　　欧元区最糟糕的时候已经过去,世界银行、IMF 等国际机构都对 2014 年欧元区的经济前景保持乐观。债务危机本身也不再频繁见诸报端,特别是年初几个月的注意力集中在乌克兰局势上。英国外长黑格甚至说,乌克兰危机是新世纪以来欧洲面临的最大危机。

　　鉴于复苏势头良好、经济日渐景气,加上欧盟大选后所有决策层的调整适应,2014 年应当是个继续走上坡路的过渡年。

民生——情绪波动　信心缺失

驻欧期间,除在布鲁塞尔跟踪报道欧盟总部的公开消息外,我经常参加当地高校及智库的辩论会、研讨会,在与专家学者的交流中增加对债务危机的理解。在欧洲各国各地出差和旅行的过程中,我对债务危机带来的社会影响也有许多直接的体会。

这里附上几篇过去三年里在不同时间节点采写的文章,从抗议游行、福利改革、紧缩与增长、"离心力"等多个角度,以及与欧盟研究学者伍德沃德教授的对话,希望尽可能还原债务阴霾下的欧洲社会生态。

抗议游行

2011 年 10 月中旬,美国的"占领华尔街"运动已有数周,"占领情绪"蔓延至全球各地,不过抗议游行在欧洲可不算是新鲜事。以 2011 年为例,西班牙民众早在5 月发起"占领街道"、"占领广场"等运动,希腊抗议者还直接围堵政府机构。

欧洲各国的抗议诉求不尽相同,例如反对财政紧缩、反对延长退休年龄、反对薪水冻结、反对失业救济改革等,重债国抗议尤为激烈。总体来看,许多老百姓认为债务危机的后果被转嫁到他们身上,社会不平等也在加剧;一些欧洲媒体还指出青年学生抗议的主要原因是大学债务重、毕业后就业难。

不过,比利时当地一名经常参加游行活动的 23 岁大学生迈克尔·乐格西安对我说:"按照欧洲目前的经济状况,绝不会出现什么解决所有社会问题的奇迹,但至少这个运动能够对抗我们现实生活中的虚假民主。"

欧洲政策研究中心高级研究员雷·阿亚迪在采访中也表示,欧洲民主制度遭到了挑战,许多人认为当前的民主制度仅仅维护极少数富人的利益。

10 月 15 日,我一路跟随布鲁塞尔"占领"运动的游行队伍,记录如下:

　　15 日下午,来自欧洲各国的 6 000 多名群众在布鲁塞尔举行了长达 4 个多小时、全程共计 7.5 公里的和平游行抗议活动,市内约有 400 名警察维持秩序。

　　这是债务危机以来在欧盟"首府"爆发的大规模民众抗议,也是对 15 日"占领华尔街"全球运动的响应。游行民众从火车北站出发,途经商业街和闹市区,最终抵达为纪念比利时独立 50 周年而建成的五十周年纪念公园。

　　游行人群中大多数是精力旺盛的年轻人。不少人的脸部有各种彩绘,全身上下也有多重装饰,一路敲打各种乐器,不时齐声呐喊,高举各种彩旗横幅,主要抗议"1％富人抢占 99％百姓的财富",呼吁"老百姓不能为债务危机买单"、"团结起来寻求全球改变"。

"我们不会为他们的危机买单"

　　游行领队约有 500 名核心人群,主要是来自西班牙、德国、法国、荷兰、波兰、意大利等国的年轻人。他们几日前抵达布鲁塞尔后,集体居住在伊丽莎白公园外一幢废旧的公寓楼里,度过了几日既没有饮用水也没有洗手间的帐篷式生活,就为等待参加 15 日下午的大游行。

　　组织者告诉我,5 月西班牙的"占领街道"、"占领广场"等运动结束后,大约 20 名西班牙的"愤慨之士"用了两三个月的时间,徒步来到布鲁塞尔准备进行和平游行,期间得到欧洲其他国家很多年轻人的响应,各方小分队纷至沓来,临时形成了一个松散的组织。

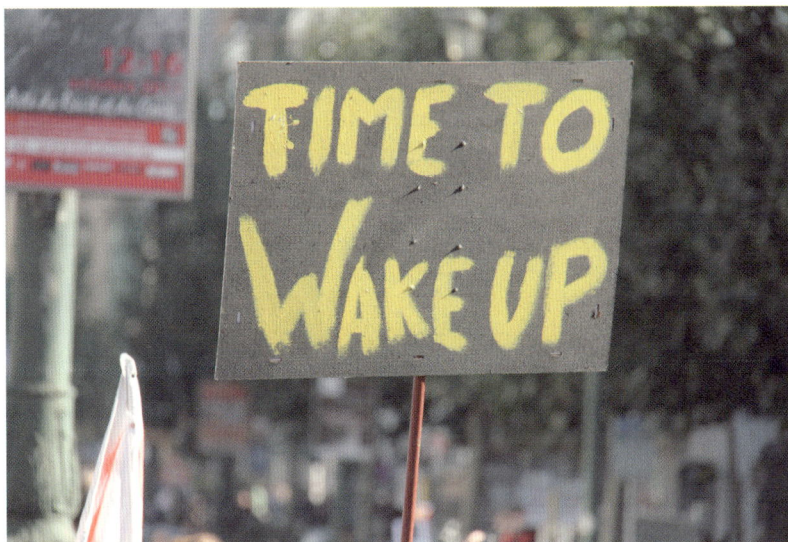

"是时候醒来了"

参与者说，相比来自美国"占领华尔街"运动的影响，他们更多地受到了西班牙抗议活动的启发和鼓励，而债务危机带来的各种社会经济问题是他们抗议游行的主要原因。

当日声势浩大的游行活动相当和平而欢闹，参与者略有兴奋情绪，一路吹拉弹唱，相对整齐的列队和鲜艳的装束堪比城市运动会或者嘉年华活动的开幕式。游行人员纷纷表示，希望通过和平游行方式，让政府听到他们的声音，推动社会制度的改变。

20 岁的西班牙姑娘阿尔巴·普拉说："欧洲国家的民主制度已经不能代表大多数人民，也不能为大多数人民谋取利益，所以我们想团结起来，促成更多改变。"

以年轻人为主的游行队伍中也有一些中老年人安静地跟在队伍后面。58 岁的安妮·杜伯斯从比利时蒙斯市赶来参加活动，她说："欧洲人需要更多欧盟层面的民主，我们希望欧洲议会能够拥有更多权力，保证大多数老百姓的声音能够得到响应。"

（2011 年 10 月 15 日写于布鲁塞尔）

福利改革

数十年来，欧洲一直以"生活方式上的超级大国"自居。债务危机爆发后，从王室成员开始纳税，到多子女家庭补贴下降，欧洲社会的"高福利"光环逐渐暗淡。一方面由于欧洲经济放缓和人口老龄化加剧，高福利社会制度的可持续发展受到极大质疑；另一方面债务危机迫使公共财政支出大幅削减，"由奢入俭"的福利改革才得以部分实现。

二战结束后，很多欧洲国家经济高速增长，同时军队支出大幅下降，福利国家制度日益发展，基本福利主要包括免费医疗保健、长期失业救济、高额养老金、悠长假期等。高福利也逐渐成为政党竞争上台的筹码，福利待遇日渐水涨船高，一些国家开始寅吃卯粮，依赖外债维持财政。

新世纪以来，欧洲人口老龄化趋势不断加重公共福利支出的负担，例如法国的养老金支出占公共支出的70％，是政府财政赤字的首要因素。联合国人口署数据显示，2010年欧洲65岁以上人口占总人口比重为16.5％，远远超出7％的老龄化社会警戒线；人口抚养数据显示，1950年欧洲平均每8个人抚养1个老人，2010年平均每4个人抚养1个老人，2050年预计平均每2个人就要抚养1个老人。

欧洲各国财政紧缩政策与社会福利制度改革被迫展开。有些专家甚至认为，债务危机源于一些国家长期低增长、高支出，因此福利制度改革正是解决危机、恢复经济活力的长远之计。

英国智库"开放欧洲"驻布鲁塞尔首席研究员彼得·克莱伯说，即便是经济发展依然强劲的德国，在可预见的未来也要面临高福利导致的资金短缺问题。他援引一些估算报告说，德国用于养老金和社会安全维护的负债高达5万亿欧元，而德国对外公开的债务仅为2万亿欧元。

欧洲多国政府已经有所动作，很多国家开始调整退休金制度，但大多数改革没有触及根本问题。因为这时候危机依旧迫在眉睫，改革有所搁浅，而公众持续抗议，改革难度较大。

布鲁塞尔知名智库"欧洲政策中心"首席经济学家法比安·祖勒格强调，当前欧盟推动下的各种救助机制和财政紧缩政策大多只能缓解或者拖延危机，难以标本兼治,长远来看欧洲政府必须进行体制性改革,特别是社会福利制度和鼓励经济增长的公共政策改革。

但是改革频频受挫,阻力重重。实行多年的高福利政策通过保障公民"从摇篮到坟墓的一生",一定程度上有利于缩小贫富差距、缓解社会矛盾、维护社会稳定,也潜移默化地改变了欧洲人的生活方式,很多人不愿储蓄、不爱就业、过度消费。

在亟需救助的希腊政府被迫通过多项财政紧缩政策后,葡萄牙、西班牙、法国、爱尔兰、意大利等国政府也纷纷采取公务员减薪裁员、养老金冻结等手段紧缩财政,减少赤字,结果遭到民众和工会组织的强烈反对,各种罢工游行此起彼伏。

事实上,欧洲社会福利体系在危机爆发前就存在很多问题,公共投资缺乏合理长远的规划,而财政紧缩仅仅是单一弥补性举措,难以从根本上解决问题。

欧洲工会联盟研究院的亨利·卢尔代勒说,欧洲政府支出应当偏重就业和教育,确保优质的人力资源,因为劳动力市场竞争力才是经济可持续发展的关键。

克莱伯提出,社会福利制度改革实质是造福下一代,但民众一时难以接受,而政府决策往往只注重短期利益,长远来看,放宽就业条例、鼓励个体创业、减轻私营企业税负等都不失为有效的措施。

反思欧洲高福利社会制度数十年发展演变与目前遭遇的困境不难发现,这一制度带来了经济低迷、赤字高涨、税收下降等一系列弊端,过高的、脱离经济发展实际的社会福利制度必然导致经济衰退。

祖勒格提出,健康的社会福利制度关键在于动态的可持续发展,维持公平与效率之间的平衡点,根据经济增长速度、现代家庭结构变革等社会经济环境的改变而不断调整,增强劳动力市场的竞争力,培养和鼓励优质人力资源创造更多价值。

(2011 年 10 月 17 日写于布鲁塞尔)

紧缩与增长 *

新年将至,欧洲的大街小巷又披上了节日盛装。然而,欢欣的外表下仍难掩一份迷茫。债务危机已经进入第四年,走出困境的难度超出许多人的预期。目前许多欧洲国家难以兼顾财政紧缩和经济增长两大任务,失业率高企,经济复苏乏力。

西班牙塞维利亚市的单亲妈妈洛拉·奥美尔多近来一筹莫展。53 岁的她在一家事业单位工作,月薪已从几年前的 2 000 欧元降到 900 欧元,而明年年初她可能会被解雇,将需要申请政府救济金。

"西班牙有很多流落街头的失业者,相比他们,我还是幸运的。"奥美尔多说,"但我经常感到眼前一片漆黑。我还要省钱给孩子上大学,只希望他们毕业后去其他国家找工作。"

奥美尔多的遭遇是成千上万西班牙人的缩影。欧盟统计局数据显示,今年10 月欧元区失业率为 11.7%,创历史新高;西班牙失业率居首,达 26.2%。欧盟预计,平均失业率将在明年达到顶峰。

大批员工被裁员,许多年轻人一毕业就面临失业,这些已引发一系列社会问题。希腊、西班牙等重债国青年失业率高达 25%,很多青年长期待业在家,许多人加入了抗议游行的大军。

过去一年,欧洲大大小小的抗议游行不计其数,主要集中在希腊、西班牙、法国、比利时、意大利、葡萄牙等国,几乎所有游行的主题都是抗议政府财政紧缩和高失业率。

在债务危机和经济停滞的双重挑战下,欧洲许多国家意识到低增长、高支出、高债务的发展模式是不可持续的。此外,重债国在向欧盟申请救助金时,不得不接受减赤的交换条款,努力实现节支增收,这也是欧洲民众的压力来源。

节支意味着财政紧缩,公共财政支出的主要项目包括福利保障、公务员薪水和建设投资等,这正是一些欧洲国家紧缩政策的大方向;另一方面,紧缩冲击下的增收更加不易,只能依赖出售部分国有资产、大幅提高税收等渠道。无论节支

---

　* 新华社报道员文老虎对文中采访亦有贡献。

还是增收，公众舆论阻力极大，特别是劳动力成本下调直接影响到老百姓的切身利益。

早在 2008 年全球金融危机爆发后，一些欧洲国家经济就陷入低迷，财政收入锐减，但政府选择了大量举债维持现状，直到债务危机紧随而来，才被迫勒紧裤腰带。

不过，紧缩本身也是一把双刃剑，减赤的同时会在就业、投资、消费等方面冲击经济发展，制造许多负面的社会情绪。因此相较于前两年的单一倡导紧缩，2012 年以来欧盟及成员国更加强调发展，应对危机也多了一份理性和从长计议。

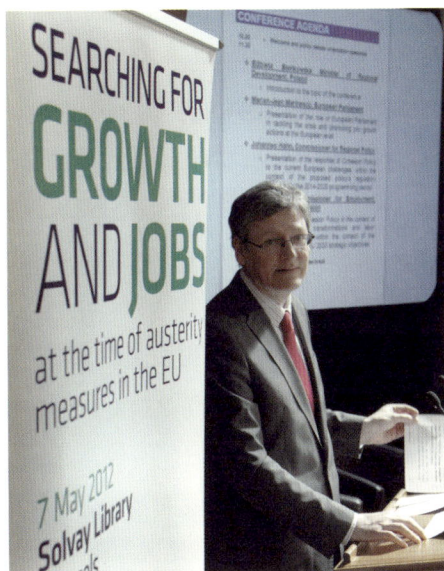

＊欧盟就业委员翁多尔出席有关紧缩政策下如何实现增长与就业的研讨会。

牛津分析国际咨询公司高级分析师斯蒂芬妮·黑尔博士接受采访时说，2013 年欧洲各国将继续推进紧缩政策，同时也会致力于改革劳动力市场和增强竞争力。她认为，平均失业率可能继续攀升，重债国的贫富差距可能增大。

尽管短期前景并不乐观，但总体而言，欧盟领导人今年已就深化一体化改革达成更多共识，欧盟正沿着财政联盟、银行业联盟乃至政治联盟的轨迹前进。市场也开始对欧元区恢复信心，投资者开始重新看好欧元区资产，西班牙国债、意大利国债日益受到欢迎，这与一年前南欧受困国国债遭到抛售大相径庭。

（2012 年 12 月 21 日写于布鲁塞尔）

"离心力"

欧洲一体化遭遇着前所未有的民意冲击。近日,美国皮尤研究中心一项题为《欧洲新病人:欧盟》的民意调查显示,欧洲民众对欧盟的支持率从去年的60%下降至45%,希腊、意大利、西班牙等南欧重债国家的支持率下滑尤为突出,青年群体也明显对欧盟缺乏信任。今年3月,来自8个欧盟国家的7600人接受了这一调查。

调查指出,久拖不决的债务和经济危机使得欧洲民众难以齐心,特别是法国与德国的同盟关系开始出现裂痕,法国民众更倾向于和南欧国家站在同一战线,而德国似乎正和其他欧盟国家渐行渐远。另外,法国民众不仅对欧盟机构产生怀疑,对本国经济和去年上任的总统奥朗德也开始失去信心。

今年4月,欧洲晴雨表的一份调查同样显示,公众对于欧盟的信任度在过去几年有明显下滑。欧盟6个大国中,在德国、法国、英国、意大利、西班牙等5国均有超过一半以上的人口对欧盟持不信任态度,仅在波兰还能保持半数以上的信任态度,但该国不信任比例从2007年的18%上升到42%。

欧洲精英阶层也不时传来质疑的声音。最近英国前财政大臣劳森爵士接受《泰晤士报》采访时将欧盟比作"官僚怪物",德国前财政部长拉方丹则呼吁解散欧元区,以帮助南欧解脱和复苏。过去两年来在"欧盟首都"布鲁塞尔的一些智库论坛上,也经常能听到各种"欧盟悲观论"。

随着平均失业率及青年失业率节节攀升,贫富差距和地区差距不断加大,各项紧缩政策阻碍经济复苏,债务危机正在逐渐演变为影响更为深远的经济危机、社会危机和信心危机,这也是欧洲一体化及欧盟机构遭遇民众信任危机的主要原因。正如欧委会主席巴罗佐所说,在失业、迷茫和贫富差距面前,民众出现了"欧洲疲乏症","欧洲梦"已经受到威胁。

欧盟自建立以来,不断加强成员国在政治、经济等领域的相互依赖程度,并通过吸收新成员国鼓励许多欧洲国家推行民主执政和市场经济,为欧洲乃至世界的和平与发展作出了积极贡献。然而,经济危机背景下的民意质疑能够引发针对欧盟"民主合法性"的深层次探讨。

事实上,欧盟一直面临"民主合法性"的质疑,此前作为回应与缓和,由直选产生的欧洲议会权力不断得到扩大,但随着越来越多的欧盟成员国民众对欧盟机构失去信心,欧盟"民主合法性"面临更大挑战,尤其是各成员国"疑欧"势力的崛起,未来可能有很多政治风险。

另一方面,德、法两个大国之间的合作对于欧洲一体化进程至关重要,然而目前两国经济上不断拉开差距,民意上对危机解决也各持己见,核心成员国之间的互信减弱将给欧盟的未来蒙上阴影。

欧盟统计局数据显示,今年3月欧盟27国的失业人口高达2 652万,25岁青年失业人口高达569万,相比去年同期有明显上升,其中奥地利、德国、卢森堡等国失业率最低,而希腊、西班牙、葡萄牙等国失业率最高。欧元区失业率飙升到12.1%的历史新高,欧元区青年失业率高达24%,重债国希腊的失业率已经接近60%。

对欧盟及许多成员国而言,失业特别是青年失业已经成为亟待解决的关键问题,就业增长与经济增长从某种程度上存在着互为因果的关联,因此欧洲经济危机以及欧盟信任危机的根本解决办法还在于促进就业和经济发展,通过实现经济复苏重新赢得民众信任,为建立更稳固的联盟打下扎实的经济社会基础。

欧盟领导人多次表态说,欧洲目前最紧迫的任务是促进就业和经济发展。巴罗佐甚至直言此前德国主导的紧缩政策已经达到了政治及社会容忍度的极限,同时呼吁成员国让渡更多主权,加快加深一体化进程。

默克尔领导的德国政府也一直坚持要求推进政治联盟和财政联盟建设,但一些分析人士提醒说,德国强推联邦欧洲很可能事与愿违而起到反面效果,引发更大层面的"疑欧"情绪。

(2013年5月17日写于布鲁塞尔)

面对面·欧盟研究学者伍德沃德

艾莉森·伍德沃德,布鲁塞尔自由大学终身教授,长期致力于欧盟公共政策研究。生于 1950 年,在美国加利福尼亚大学伯克利分校获得博士学位,原籍美国,现入籍比利时。2013 年 10 月 10 日,她在欧盟委员会的演播室接受了我的电视采访,访谈原文如下:

◎问:债务危机已缓和,投资者信心有回升,但许多人依旧对自己和欧洲的未来感到困惑。政治家是否应该听听他们的想法?

◎答:政治家不得不听取他们的想法,并因此感到担忧,因为民众的想法直接关系到政治家自己的未来。特别是危机不断影响着选民的看法,而 2014 年比利时等欧洲国家都要举行选举。

◎问:经历一场经济与债务危机,欧洲因此变得更强还是更弱?

◎答:危机对欧洲的影响必然是长期而深入的,并非未来两三年可见,可能需要十年的时间。一方面,欧洲确实因此更加强大,特别是成员国在经济层面的深入合作。另一方面,常常是默克尔代表着欧洲,而不是范龙佩或者巴罗佐,欧盟的实力常常取决于较为强大的成员国,成员国之间地位悬殊明显。

民众是欧盟的根基,却在危机中有所削弱,特别是生活质量受到冲击,接受高等教育的年轻人面临就业压力,必然会产生不满情绪。这样的情绪非常危险,这在南欧一些重债国已经有所体现,特别是欧盟内部的团结遭遇挑战。另外,贫富差距正在不断拉大,一是成员国之间的差距,二是成员国内部富人和穷人的差距,这些社会因素都将影响到欧洲的未来。

◎问:欧盟政治家说危机是把双刃剑,虽然打击增长和就业,但也倒逼经济与政治一体化的深入发展。危机过后,欧洲究竟是更加团结还是更加分化呢?

◎答:经济角度上,欧洲显然更加团结,经济一体化迈出了一大步。政治角度上,并不那么清晰,各国情况不一样,还有人要求欧洲议会享有更大的权力,但短期内应当不太可能。社会角度上,既没有明显进步,但没有明显退步。新世纪以后加入欧盟的国家如今会发现,蜜月期已经过去。唯一还在度蜜月的可能是刚刚入盟的克罗地亚。

◎问:欧洲晴雨表2013年年度调查数据显示,超过45%的欧洲人对欧盟未来感到悲观,该项统计在2007年仅有25%。民众对欧盟的信心是否因为危机受到重大打击?

◎答:确实有些关系,但也不能把什么问题都归咎于债务危机。过去几十年欧盟的民意支持率一直稳定在50%左右,这实在算不上是好成绩。另外,21世纪初"大爆炸"式的扩盟后,这些国家也需要时间来适应。如今他们入盟还不到十年,经济又不景气,当初入盟时还是充满激情的,但现在不得不回到现实中,因此无论危机与否,支持率下滑本来就是可以预见的。

◎问:欧盟领导人应当很担心2014年欧洲议会大选的投票率。2009年大选的投票率仅有43%,导致很多人质疑欧盟的民主合法性。对于投票率,您是否乐观?

◎答:我并不乐观。很多人甚至在自己国家举行选举时都不去投票站。年轻人对于"正统"的政治也不感兴趣,所以官方一直在考虑如何让年轻人行使投票权。对于欧盟层面的选举,很多候选人并不是各地选民所熟悉的政客,这样的选举并不"激动人心",选民也不认为欧盟给他们的生活带来多少改变。

◎问:能够维系欧盟及民众团结的核心因素是什么?

◎答:至少目前来看,真正维系欧盟及民众团结的核心因素还是经济利益。我也感到有些羞愧,但事实就是如此,这也是经济危机对欧盟造成如此大打击的原因。

选举——权利行使　政治斗争

"民有、民治、民享之政府当免于凋零。"

——美国前总统亚伯拉罕·林肯

在欧洲短短三年时间，我就经历了欧洲议会议长选举、法国总统选举、希腊议会选举、意大利议会选举、卢森堡议会选举等多次重大选举。除欧洲议会议长选举是两大党派事先达成的协议外，其他选举都或多或少受到危机影响。

法国、希腊、意大利自是显而易见，经济停滞和失业率攀高是老百姓最关心的问题，竞选口号也完全围绕如何摆脱危机。至于卢森堡，虽说前首相容克是因为窃听风波而辞职，但从选举得票率中就可看出，不少民众的不满之处在于，容克过于关注欧元区事务，而忽略了本国事务。

选举，是西方民主的标志，也是西方民众的首要政治权利。西方民主制度并不尽善尽美，特别是欧洲的政党竞选习惯于用高福利作筹码，而在经济增长较为缓慢的时候，一些国家不得不寅吃卯粮，依赖外债维持财政。有学者甚至认为，债务危机的根源就是"福利政治"等西方民主制度的缺陷。反过来看，债务与经济形势的不断发展，欧洲政坛也随之风云变幻。

* 欧洲人民党投票选出参选下一任欧盟委员会主席的候选人，图为现任主席巴罗佐将选票投入选票箱。

欧洲议会议长选举

欧洲议会每届任期五年,当选议员根据党派而非国籍,组成了欧洲议会内部的不同党团。有意思的是,这一届议会的上半场由人民党候选人布泽克担任议长,下半场由社会民主党候选人舒尔茨担任议长,而这是第一大党团(人民党)和第二大党团(社会民主党)事先达成的"轮流坐庄"的默契,因为这两大党团议席之和占绝对多数。

虽说私下里的买卖早已敲定,2012 年 1 月中旬的议长选举中,还是有三名候选人,除马丁·舒尔茨外,还有保守党议员纳吉·德瓦和自由民主党议员黛安娜·沃利斯。

选举前这两名候选人明知当选无望,依然到处发表竞选演说,还和舒尔茨进行了一个半小时的选前辩论,投票当天在欧洲议会大楼内也随处可见德瓦的竞选海报和宣传单。

当地媒体和许多议员对两大党派达成的交易颇有微词,指定候选人更让民主投票本身的价值大打折扣,因此另外两名候选人的积极竞选举动反而赢得不少同情和赞赏。虽说大局已定,德瓦和沃利斯的参选还是有些收益。

最终舒尔茨获得了 670 张有效选票中的 387 票,顺利当选。欧洲立法机关里的党派交易是常见做法,尤其是在民主的规则内,对民主结果进行操作。

欧洲议会议长舒尔茨

法国总统大选

很多欧洲人未必知道范龙佩,却一定知道萨科齐。这个行事高调的"小个子"在担任法国总统期间,有作为更有争议。2012年5月6日,寻求连任的萨科齐输给了左翼社会党候选人弗朗索瓦·奥朗德。

都说债务危机后,法国人对萨科齐"亮闪闪"的个人风格尤其感到厌烦。不过,当晚投票结果出来后,面对台下哭泣的支持者,萨科齐非常平静地说:"这是民主的、共和的选择,新总统必须得到尊重。"

选举前,我在巴黎的不同街区采访了各式各样的选民,大概一半支持萨科齐,另一半支持奥朗德。富人聚居的选民基本上都支持萨科齐,且在接受采访时不愿透露姓名和职业;普通街区的许多选民都支持奥朗德,对于自身的姓名职业毫不避讳。我也注意到,萨科齐在人权广场上发表演讲时,为他拼命摇旗呐喊的多为青年学生。可见支持萨科齐的选民和支持奥朗德的选民,在社会地位甚至年龄上都是有很大差别的。

投票当天,我在第十六区投票站看到,选民们带着投票通知单,领取一个巴掌大小的蓝色小信封和两张分别写着奥朗德和萨科齐的纸片,在一个电话亭大小的临时隔间里将其中一张卡片放入信封,当然交一个空信封也未尝不可,最后经工作人员验证身份信息后,将选票投入玻璃票箱。

不得不说,萨科齐时运不济,赶上金融危机和债务危机两大风暴,从改革家黯然转变为消防员,偏又高调强势放浪不羁。当奥朗德以"萨科齐的对立面"的形象登场时,法国老百姓因恐慌而渴望改变,也更愿意相信公平和福利的美言。

无论谁上台,法国经济停滞与高失业率都是大患。然而,奥朗德当选后鲜有作为,以至于今年2月中旬,奥朗德的民意支持率首次跌破20%,成为了法国"最不受欢迎"的总统。

更何况,奥朗德竞选时对萨科齐的私生活指指点点,他自己却在今年1月闹出了"劈腿风波",登上全球各大媒体头条。法国Closer杂志爆出奥朗德与女演员朱莉·加耶有染后,奥朗德以个人名义而非总统名义,通过法新社宣布与"第一女友"瓦莱丽·特里耶韦莱分手。

今年1月26日,法国数万人响应右翼组织发起的"愤怒日"(Day of Anger)

游行,走上巴黎街头抗议奥朗德的执政政策,海报上的奥朗德长着驴耳朵,少数抗议者还和警察发生了冲突。不过,游行现场找不到和"劈腿风波"有关的信息,可见老百姓对他的私生活并不在意。

　　说到底,尽管奥朗德上任时间不长,但在创造就业和重振经济方面毫无起色,法国老百姓慢慢失去了信心和耐心。

2012 年 3 月 17 日,当时还是总统候选人的奥朗德在巴黎冬季马戏团馆进行大选造势活动。

来自欧洲各国及法国各地的数千名政党领袖及平民百姓来到现场,奥朗德发表了长达半小时的讲话。

希腊议会选举

2012年6月20日,希腊新民主党与泛希腊社会主义运动、左派民主党就组建联合政府达成协议,由新民主党领导人安东尼斯·萨马拉斯出任希腊总理,这在当时对欧元区乃至全球经济都是利好消息。

新民主党主张留在欧元区并对国际救助协议进行修改,萨马拉斯本人承诺设法拉动就业和经济增长,还呼吁希腊的年轻人尽可能留在自己国家。当时许多民众对苛刻的财政紧缩条款怨声载道,但又希望希腊继续留在欧元区,正因为如此,新民主党在选举中获得最多选票。

大选前,新民主党在议会前的宪法广场上举行了集会,支持者挥舞国旗,呐喊声此起彼伏,希腊前总理卡拉曼利斯前来助阵。萨马拉斯出现后,一些民众甚至点起了小型烟花,现场烟雾缭绕,傍晚的时候宪法广场也被许多镁光灯照得通亮。

由于债务危机下抗议游行频发,希腊的旅游业受到冲击,希腊旅游局竟然联合当地一些酒店等协会,在大选的新闻中心组织了一场旅游论坛,试图通过世界各地的时政记者传达旅游信息,现场一个游艇协会的负责人还着急地说:"我们海上很安全,而且没有危机!"

* 希腊总理萨马拉斯

相较于法国和意大利的新当选领导人,萨马拉斯上台后颇有成效,到2013年底就很有自信地对外宣布,希腊经济面临的最困难时期已经过去。今年2月中旬,萨马拉斯又表示,由于去年基本预算盈余超过15亿欧元,希腊将不再需要新一轮救助。

意大利议会选举

2013 年 2 月 24 至 25 日，意大利举行议会选举。除在罗马街头采访外，我的大部分时间都用来和各地专家探讨选情。政治僵局一出现，我们就预测，即使"左右共治"的新政府能够组建，也将运转不顺并可能短命。

果不其然，后来时任民主党副主席恩里科·莱塔受命组建大联合政府，但各党派同床异梦，莱塔在任仅 10 个月，就于 2014 年 2 月 14 日辞去总理职务。导火索是新当选的民主党书记马泰奥·伦齐要求重新组阁并在党内获得绝对多数支持，莱塔别无他选。

年仅 39 岁的前佛罗伦萨市长伦齐是意大利历史上最年轻的总理。由于是内部提名上台，其执政合法性遭到质疑，不过相比前两任总理蒙蒂和莱塔，伦齐执政的大环境优越得多。

意大利频繁换帅，也让整个欧洲感到不安。到头来，执政根本还在于经济改革和刺激就业，必须以实际成果让欧元区和本国老百姓放宽心。

还想提一句，我在罗马市中心的投票站采访时，注意到选票上印着五颜六色的政党标识，选民可以直接画圈或打叉，选票分为黄粉蓝三种，分别代表参议院、众议院和地方选举，意大利不愧是颜色控。

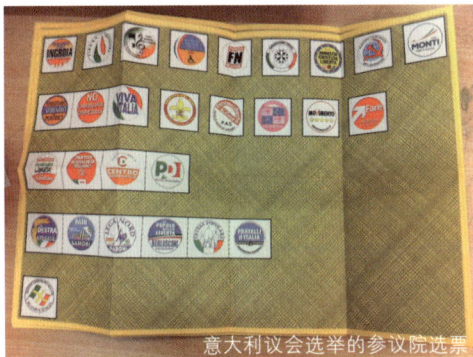

意大利议会选举的参议院选票

附一篇选举时的分析文章：

意大利选举僵局难破

意大利议会选举产生了罕见的政治僵局，让整个欧元区和国际市场措手不及。由于投票结果难以产生一个稳定而坚持改革的新政府，意大利经济和欧元区一体化都可能受挫。

内政部官方数据显示，"改革派"的中左翼联盟在众议院以微弱优势领先"保守派"的中右翼联盟，但双方在参议院均未获得过半席位，中左翼唯有联手中右翼或"五星运动"才能组阁,而三个党派的原则纲领截然不同,结盟后的新政府势必举步维艰,或者举行第二次大选。

分析人士指出,短期来看这一僵局若是久拖不决,意大利经济低迷可能加剧,原本日渐消退的债务危机也可能出现新浪潮;长远来看无论新政府能否及如何组阁,本国及欧元区的未来都需要意大利继续坚持经济改革。

•"左右共治"难上难

按照选举法,在众议院获得最多席位的政党将自动获得绝对多数席位。根据宪法规定,任何法令在实施前必须由参众两院分别投票通过,在参议院拥有158席的绝对多数是政府执政的基本条件。

本次大选中,中左翼在众议院赢得绝对多数席位,因此获得组阁权。在参议院中,中左翼获得113个席位,中右翼获得116个席位,"五星运动"获得54个席位,看守总理蒙蒂领导的中间派联盟仅获得18个席位,因此中左翼只能尝试和中右翼或"五星运动"进行结盟谈判。

喜剧明星格里洛领导下的"五星运动"在本次选举中异军突起,但格里洛此前多次呼吁意大利退出欧元区,并号召对本国主流政治力量进行颠覆性改革,与中左翼结盟的可能性几乎为零。

大选结果公布后,中右翼领导人贝卢斯科尼已经表示不排除愿意与中左翼结盟。26日晚间,中左翼领导人贝尔萨尼也在新闻发布会上说,他将尝试在坚持其执政计划的基础上与其他党派谈判组阁。

然而,"左右共治"的可行性很小。鉴于两个党派执政理念相去甚远,即使联合组建新政府,新政府的稳定和运行也都有很大风险。

中国社科院欧洲所意大利问题专家孙彦红博士说,在当前经济危机背景下的左右联合政府可能比较短命,这对意大利和整个欧洲来说并非是好消息。

•欧元区遭遇新挫折

孙彦红还提出,债务危机以来,欧元区特别是希腊、意大利等重债国开始出现政党格局碎片化趋势;"五星运动"的崛起一方面体现选民对当前政治经济局势的极度不满,另一方面使传统左右翼政党遭到前所未有的冲击,也给欧元区发展带来新挑战。

她认为,这一新政府困局将使投资者加大对意大利还债能力的担忧,促使国债收益率继续攀高。尽管债务危机最糟糕的时候已经过去,意大利会成为欧元区加深一体化建设过程中的新挫折。

数据显示,2012年意大利公共债务占国内生产总值的127%,成为仅次于希腊的欧洲第二大债务国。事实上,2011年意大利政府一度处于破产的边缘,蒙蒂临危受命组成的专家型政府进行强力救险,通过推行大幅紧缩增税、劳动力市场改革等,才逐渐恢复意大利的国际信誉。

布鲁塞尔知名智库"欧洲政策中心"首席经济学家法比安·祖勒格说,从大选结果可以看出欧元区危机尚未完结,特别是一些重债国的增长与就业问题得不到解决,导致政局波动不定,使得财政联盟、银行业联盟等欧元区一体化建设面临更多实际困难。

• 未来关键在改革

祖勒格认为,意大利当前的政局不确定性使国际市场和投资者信心遭遇重创,也给本国艰难经济复苏制造障碍;但从长远来看,无论新政府如何组阁,意大利的经济复苏关键还在于坚持改革。

过去一年多来,蒙蒂政府的紧缩与改革措施让很多老百姓叫苦不迭,本次大选也将这一民意表现得淋漓尽致。但客观来看,意大利迫切需要将公共财政合理化,并大力推进市场改革。正如蒙蒂所说,一片阿司匹林难以解决多年来的财政乱局,意大利需要一剂苦药。

去年9月,经济合作与发展组织的一项报告显示,蒙蒂政府的结构性改革将在未来10年使得意大利国内生产总值上升4个百分点。如今看来,意大利能否继续坚持结构性改革还有很大悬念。

贝尔萨尼也说过,意大利正处于二战以来最严重的危机时刻。作为欧洲第四大经济体和欧元区创始国,意大利是二十年来欧洲大国中经济最为低迷的国家,目前正处于二十年来最长的经济萎缩期,预计今年经济萎缩还将延续。

分析人士还强调,蒙蒂政府的紧缩举措对于恢复投资者信心立竿见影的同时,也给本国经济增长和就业带来负面因素,因此财政紧缩虽必要而不够充分,紧缩兼顾增长和公平才是长远之计。

(2013年2月26日写于罗马)

卢森堡议会选举

卢森堡国富民足,政局向来稳定,却在 2013 年 7 月发生了二战结束后的首次内阁倒台。直属首相府领导的秘密情报机构非法窃听丑闻东窗事发后,与基督教社会党联合执政的社会工人党宣布退出政府,当时的卢森堡首相容克被迫宣布辞职,卢森堡很快于 10 月 20 日举行了提前议会选举。

投票结果显示,尽管容克领导的基督教社会党获得了最多席位,但最终却是民主党与社会主义工人党及绿党达成了联合执政协议,由曾任卢森堡市长的青年政治家贝特担任新首相。2013 年 12 月 5 日,新任首相贝特和副首相施耐德同时宣誓就职。

顺便说一句,卢森堡现任首相和副首相都是公开的同性恋。欧洲国家的领导人中,比利时首相迪吕波和冰岛女总理西于尔扎多蒂也是如此,欧洲政坛可能是对同性恋最为宽容的。

容克应当算是欧洲"骨灰级"政治家,不仅连任卢森堡首相长达 18 年,还是欧洲一体化进程的主要推动者,曾长期担任欧元集团主席。对卢森堡人而言,容克的卸任,毫无疑问是一个时代的终结。

不过,欧盟内部许多官员猜测,容克的目标是下一届欧盟委员会主席,而他的竞争对手很可能是现任欧洲议会议长舒尔茨。尽管容克在投票当天接受我的采访时强调"希望我个人的未来是在卢森堡",但欧委会无疑是个更显著、更有挑战性的大舞台。

2014 年 3 月,欧洲议会第一大党团欧洲人民党已经选举容克为该党团的欧委会主席竞选人。欧洲人民党以公开投票形式做出这一决定,该党 627 名议员中共有 382 名投票支持容克,245 名投票支持目前欧委会负责内部市场的委员米歇尔·巴尼耶。

在我所有的欧洲选举报道经历中,卢森堡的现场采访是印象最为深刻的,因为能够对投票现场和流程进行仔细观察,向选举工作人员打听情况,还和两大候选人——前任首相容克和现任副首相施耐德在现场进行较长时间的直接交流。袖珍国家的领袖们确实亲民。

亲历大选

深秋里,树叶青绿黄红。天刚蒙蒙亮,淅淅沥沥的小雨中,卢森堡市北一所小学的餐厅亮着灯,这里是西欧袖珍小国卢森堡议会选举的 41 号投票站,从上午 8 时起,将有 537 名选民前来投票。

第一个抵达的是阿尔芭赫女士,她原是法国人,两年前入籍卢森堡,还是首次参与投票。她说:"容克确实很能干,但或许卢森堡也需要一些变化。"

投票现场,容克将选票投入选票箱。

现年 59 岁的让·克洛德·容克此前连续 18 年担任卢森堡首相,也曾长期担任欧元集团主席,在卢森堡本国乃至整个欧洲颇有声望。今年 7 月,直属首相府领导的秘密情报机构非法窃听丑闻东窗事发,随后容克宣布辞职,卢森堡在 10 月迎来提前大选。

走进这所小学,走廊两侧的木柜和木椅上摆放着许多学生的雨鞋、外套和书包,走廊尽头就是设置在餐厅里的投票站,餐厅的墙壁上挂着几幅水彩画,桌椅都叠放在墙角。

门口的两名工作人员首先检查选民的身份证件和投票邀请信。选民绕过一道屏风,领取一张竖长的选票,进入临时搭建的投票亭,填写完成放入投票箱,就完成了投票使命。

◀选举工作人员检查选民的证件

◀投票站里选民填选票的小隔间

当地法律规定,所有 18 至 75 岁的公民都有投票义务,75 岁以上以及生活在国外的公民可以邮寄选票,倘若不履行投票义务又缺乏正当理由,将面临 100 至 250 欧元的罚款。

10 时许,卢森堡前经济外贸大臣埃田·施耐德前来投票。或许是对东方面孔感到意外,他在门外对我说,虽然大选结果难以预料,未来中卢关系应当是前景大好。他还是社会工人党的热门候选人。

这个投票站由一个当地法官负责。她告诉我,卢森堡所有的法官都被指派为各个投票站的负责人,过去 20 年里她已经参与过 10 多次选举的投票工作,包括国家议会选举、地方选举和欧洲议会选举。

投票现场，施耐德将选票投入选票箱。

国家议会选举通常每五年举行一次，全国中部、南部、北部和东部四个选区一起选出 60 名议员，每个选区分到的议员席位不等，例如 41 号投票站所在的中部选区有 21 个席位，全国 9 个政党均推选出 21 名候选人，选民可以给每个候选人最多投出两票，每张选票的总票数不得超过 21 票。

珀琥女士是一名外语教师，她将手中的 21 票分配给了不同政党的候选人。她说，她并没有只支持某一个政党，而是根据候选人提出的政策想法，作出自己认为合适的选择。

我还注意到，大多数选民着装考究，许多选民的服饰都是世界一线品牌。事实上，卢森堡国土面积不足 2 600 平方公里，常住人口仅 50 多万，却是欧洲人均 GDP 和生活水平最高的国家。

中午时分，我又赶到卢森堡市南的 8 号选区，等待竞选连任的容克在此投票。容克刚抵达，就被各路媒体重重包围。他接受了当地电视台的简短采访，随后进入投票站与工作人员逐一握手交谈。

容克走出投票站前，我上前询问，他竟欣然接受采访，告诉我说，若能再次担任首相，他将以巩固国家财政、解决青年就业和降低房地产价格为己任。

下午 2 时，卢森堡的 600 多个投票站同时结束投票。天空已经放晴，这个全球知名的金融中心和欧洲大陆仅存的大公国即将迎来一个新时代。

（2013 年 10 月 20 日写于卢森堡市）

文教——身份认同　多元一体

"如果需要重新设计(欧洲一体化),我会选择从文化开始。"

——法国经济学家让·莫内

让·莫内晚年时候说过的这句话,倘若操作起来恐怕不切实际。比方说共同市场的建立完善不断给成员国带来集体收益,并因此成为欧洲一体化的核心推动力,而文化如何作为一体化的领航项目却极不明朗,一些成员国的脆弱神经也可能一触即发。尽管如此,在一体化基础框架逐步搭建的过程中,文化的影响力日渐显著,欧盟也认识到日积月累的"欧洲认同感"将对更深层次的一体化至关重要。

1992年之前,文化一直是成员国的专属权力,直到《马斯特里赫特条约》将文化纳入欧盟议程。《马约》其中有一项条款明确提出:"欧共体在尊重国家和地区多样性的同时,应当促进成员国的文化繁荣,着重强调欧洲的共同文化遗产。"

各国文化多样性与欧洲共同文化遗产之间确实需要实现巧妙平衡,而欧盟文化政策的核心应当是借助文化多样性来实现欧洲文化认同,并贡献于欧洲一体化进程,这恰恰是欧盟"多元一体"的官方格言。

教育作为一种特殊的文化形态,还能够传承和发展文化,欧盟层面的教育项目希望促进欧洲文化认同,培养新一代"欧洲人"。此外,欧洲历来注重文化多样性、创造性、语言学习和跨文化交流,特别是鼓励年轻人选择在其他欧洲国家学习或工作,欧盟还直言希望每个欧洲公民至少掌握两门外语。

目前欧盟在文化教育领域只能辅助和协助成员国,并不享有任何专属权力,决定权依旧在成员国手中。但许多文化教育项目已经深得人心,这样的"软权力"在潜移默化中影响着欧洲人的思维方式,并逐渐转化为欧盟机构的"软实力"。欧盟不仅是经济工程,也是对多样性的尊重和对共同价值的追求。

"欧洲文化之都"

"欧洲文化之都"最早由时任希腊文化部长梅利娜·迈尔库里提议,早在1985年作为欧盟框架内的一大项目推出,以此推动欧洲各国多元文化的相互交流和认同。当年雅典成为首个"欧洲文化之城",1999年改名为"欧洲文化之都",如今已有40多个欧洲城市获此称号。

对于一体化进程而言,这是锦上添花的一笔,能够加强欧盟内外的民众对欧洲的文化认同,越来越多的欧洲文化之都持续体现多元一体的理念;对于一个城市而言,在争取和维系文化之都称号的过程中,城市也获得了额外的发展契机,经济效益十分可观。

以地处欧盟心脏的比利时为例,全国共有四个城市获此称号,最新当选为2015年欧洲文化之都的是蒙斯市。这样一个称号能给一座城市带来多少动力呢?

蒙斯致力城市升级

作为2015年的"欧洲文化之都",比利时西南部小城蒙斯正在积极筹备,市政府8日向媒体透露了几项独具当地人文特色的大型展览,希望以文化项目拉动就业、经济发展以及整个城市的升级。

2015年初开始,梵高作品展、魏尔伦作品展、蒙斯创新展、欧洲油画展等将先后亮相,其中荷兰后印象派画家梵高曾在蒙斯短暂居住,而法国象征派诗人魏尔伦在蒙斯监狱里完成了大量的作品,这些展览将和阿姆斯特丹等10多个周边城市开展交流合作。

蒙斯市长马克·布拉菲在采访中表示,欧洲许多中小城市获得"欧洲文化之都"称号后,很快实现文化和经济效益双丰收,蒙斯也希望以此为契机,全力打造新形象,吸引更多的投资商和旅行者,刺激就业和消费,挖掘城市新活力。

布拉菲透露,项目预算为7 500万欧元,预计经济收益大约是6倍,市政府还要投入3.5亿欧元用于改造火车站、新建会议大楼、新建设计中心等建筑项目,"欧洲文化之都"仅仅是城市革新的其中一步。

作为比利时埃诺省的首府,蒙斯距离布鲁塞尔50多公里,约有10万人口,靠近法国边境。2010年初,蒙斯申办成功,和捷克西部城市比尔森一起当选为

2015 年"欧洲文化之都",成为继安特卫普、布鲁塞尔和布鲁日之后第四个获此殊荣的比利时城市。

蒙斯市展览局主任伊夫·瓦瑟尔说,蒙斯存在尚待解决的社会问题,比如城市环境、失业率等,也正因为如此,更需要一种奋斗的精神,努力通过"欧洲文化之都"的活动塑造一个充满人文和创新气息的新形象。

市长布拉菲在采访中特别提到,蒙斯目前的失业率是 20%,相比六年前的25%有所改观,希望 2015 年可以降至 15%,各种文化活动和建设项目预计能够带来就业小高峰。

布拉菲说:"对蒙斯来说,最重要的是创造良好的社会环境,鼓励越来越多的当地青年选择留在蒙斯,一起建设家乡。"

(2012 年 11 月 8 日写于比利时蒙斯)

"伊拉斯谟"

欧洲是近代大学的发源地,世界现存最古老的大学就是意大利的博洛尼亚大学。欧盟在高等教育领域有三大旗舰项目:欧洲创新技术研究院、玛丽·居里行动和"伊拉斯谟"。其中,"伊拉斯谟"是全球最大的学生学者交流项目,主要支持成员国之间的高等教育交流合作,1987 年启动以来已有数百万学生学者从中受益。

伊拉斯谟的项目命名来源于中世纪尼德兰著名学者德西德里乌斯·伊拉斯谟,同时英文 ERASMUS 也是"欧共体高效学生流动行动计划"的英文首字母简称,该项目启动的第一年就有 3 244 名学生参与。欧盟还于 2004 年推出了"伊拉斯谟世界计划"(Erasmus Mundus, Mundus 在拉丁文中意为"世界"),通过支持欧盟和其他国家之间的人员流动及高校合作,希望提升欧洲的高等教育质量,加强与外部世界的沟通并对外推广欧洲教育模式。

二十多年来,伊拉斯谟在推动青年流动和培养精英阶层等方面功不可没。尽管每年受益群体所占比例有限,但年复一年积少成多,一些欧洲学者甚至称之为"伊拉斯谟世代",并认为受益于"伊拉斯谟"的青年具备更强烈的欧洲认同感,日渐成为继续推进一体化的集中力量。意大利著名作家安伯托·埃珂曾评价说,"伊拉斯谟"帮助建立了真正意义上的新一代欧洲人。

2014 至 2020 年，欧盟已经推出"伊拉斯谟加强版"，既支持学生学者的个体流动，也支持教育机构之间的合作和成员国的教育现代化努力，着重提升高等教育水平和青年教育技能，首次将所有的教育、培训和青年项目进行整合，并首次为体育项目提供支持。

加强版的总预算接近 150 亿欧元，其中三分之二用于支持跨国学生学者流动，三分之一用于支持教育机构与其他组织间的合作，以及教育现代化和创新推广。欧盟计划在七年内资助 400 万学生学者去另一个国家交

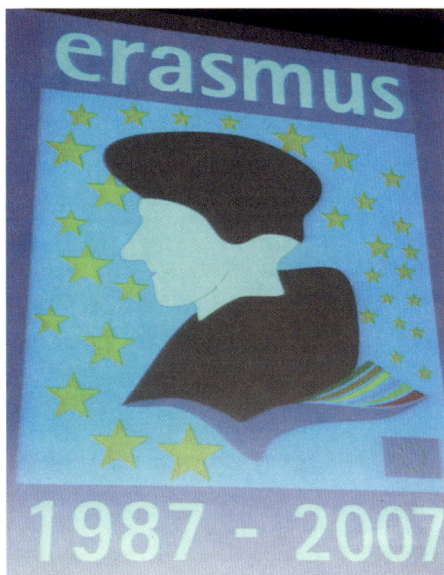

* "伊拉斯谟"二十周年海报

流、培训或工作，包括 200 万高校学生和 65 万职业学校学生。加强版既对所有成员国开放，也对冰岛、挪威、瑞士、列支敦士登等其他欧洲国家开放。

相较以往，加强版的项目规划更加务实和市场化，这主要是迫于欧洲青年失业率偏高的压力。在经济、债务危机的双重冲击下，2014 年初欧盟约有 600 万失业青年，青年失业率约为平均失业率的两倍，但市场上又有 200 万个空缺岗位，可见青年群体和劳动力市场需求之间存在很大的"技能差距"。欧盟不得不注重"伊拉斯谟"的市场效益，并通过项目改良来弥合差距，让高等教育流动项目更好地和市场需求对接。

事实上，欧盟尤其期待教育文化产业显著拉动欧洲经济的可持续复苏。"伊拉斯谟加强版"在 2014 至 2020 年中长期预算中获得了 40％的预算增长，此前"欧盟 2020 战略"也将教育列为维持其全球竞争力的核心突破口。"伊拉斯谟"对于继续朝着一体化前行的欧盟而言，既是战略培养点，也是经济增长点。

面对面·欧盟文教委员瓦西利乌

安德鲁拉·瓦西利乌,欧盟委员会教育、文化、多语言与青年委员。生于1943年,来自塞浦路斯,从事律师工作长达20年。瓦西利乌的丈夫是塞浦路斯前总统、著名经济学家乔治·瓦西利乌,也是塞浦路斯入盟的首席谈判官。

2013年底,欧盟2014至2020年中长期预算方案获得通过,尽管预算总额首次遭到削减,青年、教育和文化等项目预算却有明显增长,两大核心项目是"伊拉斯谟加强版"和文化项目"创意欧洲"。"创意欧洲"的总预算为14.6亿欧元,计划七年内资助至少25万名文化艺术工作者、2 000家影院、800部电影和4 500本书籍翻译,其中50%的预算用于扶持欧洲电影事业。

瓦西利乌自担任欧盟教育文化委员以来,一直是中欧人文交流的欧方主心骨,过去几年和中国高层来往密切,在北京和布鲁塞尔等地见过时任国务委员刘延东、教育部长袁贵仁、文化部长蔡武等。

电视专访欧盟文教委员瓦西利乌(王聪摄)

在这些背景下,她于2013年12月13日在欧盟委员会的演播室接受了我的电视专访,访谈原文如下:

◎问:请问您在欧盟中长期预算首次缩减的大前提下,如何说服其他人同意增加教育和文化预算?

◎答：这个问题我经常遇到，欧盟预算总体上首次缩减，仅有极少的几个项目获得增长。为什么呢？因为我们意识到，教育、创新和研究等项目能够帮助欧洲重回正轨，让欧洲的年轻人具备足够的技能，享有较好的生活，能够找到工作，并一直维持就业状态。

因此，"伊拉斯谟加强版"作为教育、培训、青年和运动的全新项目获得40%的预算增长，未来七年的直接项目预算接近150亿欧元。"创意欧洲"能够扶持文化和视听发展、促进增长和就业，并保持文化的自身价值，将欧洲团结在一起，也获得了9%的预算增长。此外，欧洲科研创新项目——"2020地平线"框架下，"玛丽·居里行动"和"欧洲创新技术研究院"也都获得了预算增长。

◎问：您为何认为"创意欧洲"、"伊拉斯谟加强版"、"玛丽·居里行动"等项目能够应对欧洲面临的新挑战？

◎答：因为根据我们的分析，失业各有原因，有些年轻人早早退学、缺乏就业技能，但也有些年轻人完成大学学业，依旧缺乏能够满足市场需求的就业技能，因此存在一种"技能差距"。创新和创业精神则是另一种挑战，因为有一种悖论说，欧洲在研究方面投资巨大，却没有取得创新成果。有一些产品和服务难以打入市场并带来就业和创新。因此，欧盟委员会的委员们一直认为教育和创新的预算需要增加，欧洲理事会和欧洲议会的绝大多数人也赞成这一提议。

◎问：您提到"技能差距"，比方说欧盟有600万失业青年，同时市场上有200万个空缺岗位。您打算如何弥合这一差距？

◎答：过去几年来，布鲁塞尔一直举办"高校与商业论坛"的年度活动，将欧洲一流大学和主要企业聚在一起，探讨如何培养满足市场需求的人才。通过这一论坛，我们也意识到，许多领域都有合作空间，所以我们决定在"伊拉斯谟加强版"的框架下，引入两项创新策划，一是"知识联盟"，即支持高效和企业的结构性合作，通过课程调整来弥合"技能差距"；二是"技能联盟"，主要是针对职业培训。

◎问：您认为教育是最好的投资吗？

◎答：当然，我想每个人都是这样认为的。因为没有对年轻人的教育就没有未来,必须认识到我们正生活在全球化的知识经济中。若要适应这样的新环境,就必须让年轻人尽可能具备最好的技能。教育并非是一种支出,而是一种对未来的投资,这也是我和同事们想要向成员国领导人及教育部长传递的重要信息,他们不应该缩减教育预算,因为这不是开支而是投资,一旦缩减将来必定后悔。

◎问:那么对年轻人来说,伊拉斯谟能够带来的最大收益是什么?

◎答:为什么我们如此重视青年流动性呢?因为现在的雇主不仅需要读和写这样的正统教育技能,也需要无法从正统教育中获得的"软技能",这些技能需要通过旅行、交往、学习外语等过程中获得。欧盟的流动性项目就帮助年轻人获得这些技能。对年轻人而言,这更是一种自我充实,这会改变他们的生活和思想,增强他们对新环境的适应能力。欧洲著名学者安伯托·埃坷说过,伊拉斯谟项目成功创造出一代欧洲人。当然,通过"伊拉斯谟加强版",我们希望创造出一代又一代欧洲人,形成"欧洲认同感"。

◎问:对于艾柯的评价我希望接着问下去,但在这之前先问一下,倘若您有机会选择伊拉斯谟项目,您是否会申请?如果会,您可能会申请去哪个国家或者哪个大学?

◎答:我人生的最大遗憾之一,或者说我这一代人的遗憾之一,就是我们没法选择伊拉斯谟项目。如果有机会,我当然会申请。至于哪一所大学就取决于我的专业。比如学习法律,我可能考虑去法国,因为我在英国留学学习的是英美法系,也想学习一下大陆法系,也就是拿破仑法典,同时获得生活在另一个国家的新体验。不过,"伊拉斯谟加强版"施行后,还可以选择欧盟以外的国家,比如说为什么不选中国呢?许多欧洲的年轻人希望借助伊拉斯谟前往中国学习,我相信中国的许多年轻人也希望选择欧盟国家的一所大学待上几个月时间。伊拉斯谟的"国际化"也是新项目最主要的特征之一。

◎问:再回到伊拉斯谟项目创造出一代欧洲人的问题上,您认为伊拉斯谟一代能否形成强有力的力量,促成一种泛欧洲的身份认同感?

◎答:当然,我们的研究结果也得出了这样的结论。受益于伊拉斯谟及其他项目的欧洲青年相对更加支持欧洲一体化,他们习惯于将自己视为"欧洲人"。自身的国籍同样重要,例如我是塞浦路斯人,同时我也认为自己非常欧洲化。伊拉斯谟这样的项目对欧洲青年有着最直接的影响,我们也因此创造出一种赞成欧洲一体化的精神。

◎问:听起来这也是欧盟打造"软实力"的一种手段?

◎答:确实,这是一种软实力。在欧盟内部,我们将不同国籍的欧洲人聚在一起,毕竟 28 个成员国文化语言各不相同,这并不容易,但通过这些交流项目和青年的相互融合,我们也确实创造出一种欧洲身份。

◎问:请问您对"欧洲身份"的定义是什么?

◎答:共同的价值选择。我们通常将欧盟视作一个经济工程,其实并非如此。欧盟是一种基于共同价值和尊重多样性的生活方式。欧盟的一大核心原则是尊重和促进文化语言的多样性。我们不希望人们忘记他们自己的语言或者文化,正是这些不同的文化语言形成了欧盟的宝贵财富。

◎问:您是说政治文化联盟和经济联盟同等重要吗? 甚至说政治文化联盟比经济联盟更加重要?

◎答:当然,至少这是我们努力的方向,应当向民众传达这样的信息:我们应当超越经济联盟,最重要的是建立一个基于共同价值的联盟。

◎问:"伊拉斯谟加强版"的设计也是希望加强这一身份认同吗?

◎答:是的。对年轻人来说,生活在另一个国家、感受另一种文化和语言都是独一无二的体验,也能够让年轻人之间相互联系更加紧密。一个成员国的年轻人对于另一个成员国来说并非是陌生人,而是这个整体中的一部分。

◎问:那么关于"创意欧洲"的项目,除了刺激增长和就业,您是否也希望借此搭建一种欧洲的归属感?

◎答:"创意欧洲"主要是针对欧洲文化多样性的项目,因为文化与艺术是欧洲的精髓。文化也是将人民连结在一起的最好方式。文化应当让每个人从中受益,而不是成为特权群体独有的奢侈品,因此这个项目首先是认可文化对于公益的内在价值,核心任务之一就是让更多人体验到文化带来的益处。同时,在紧缩的大背景下,我们也意识到文化创意产业对于欧盟 GDP 的贡献值达到 4.5%,并且创造了 800 万个工作岗位,这也是我们不应当忽视的。支持文化创业产业,能够为 2020 年的目标作出更多贡献,实现理智的、可持续的和包容性增长。

◎问:很多欧洲民众对欧盟机制的信心不断下滑,而欧盟大选就在几个月后,在您的职责范围内,您计划如何说服更多的欧洲人走进投票站呢?

◎答:确实是因为经济危机,很多人失业并因此生活艰难。年轻人对过去的历史也缺乏体会。欧盟是在二战后建立起来的,当时人们对于战争的苦难记忆犹新,但现在的年轻人因为缺乏体会而无从对比。我们需要让年轻人明白,在这个全球化时代,无论多么强大的国家都需要应对全新的挑战,比如说气候变化、人口老龄化、劳工短缺、环境破坏、失业严重等,这些挑战都需要群策群力。如果有人选择放弃投票,其实并没有帮助解决问题。

我们要尽可能多地和公众对话,2013 年也是"欧洲公民年",我也参与了许多场公开辩论。比方说,我的祖国(塞浦路斯)是深受危机冲击的国家之一,在当地参与公开辩论需要很大勇气,但这也是好事,这也让我听到许多人的真实想法和他们对欧洲的期待,无论老少或是受教育程度。他们希望欧洲更加团结,这也是欧盟的核心价值之一。我还做出承诺,延续这样的公共辩论,民众希望他们的声音被听到,也希望他们的想法受到重视。

◎问:"欧洲公民年"结束后,您还会继续举办更多的公共辩论?

◎答:希望如此。我们三年前开始与欧洲青年固定对话,由年轻人自定议题。比如他们希望先谈就业再谈社会融合,我们就先和每个成员国的年轻人单独对话,他们再把提议带到欧盟谈话平台——欧洲青年论坛。我们通常还会在青年理事会上和成员国的青年部长讨论这些提议,其中有很多提议已经纳入欧盟的政策制定。比方说,青年保障计划确保每个青年在毕业或失业四个月内,能够得到一份新工作或者继续学习实习,这就是年轻人自己提出来的。另一个例子是实习质量保障计划,因为年轻人担心在公司企业实习的质量得不到保障,或者担心得不到报酬,或者工作时间过长等,欧委会已经通过了一项针对实习质量的框架方案。

◎问:看来年轻人的意见确实得到采纳。一些民意调查显示,年轻人经常抱怨他们的声音得不到欧盟关注。

◎答:我的目标,或者说我的梦想,就是让越来越多的年轻人参与这样的固定对话,最好是每一个年轻人都可以参与进来。现在这个队伍正在壮大,我们也有了新的沟通方式,比如网络,我们还建立了专门搜集青年意见的网站。

◎问:您的职责范围非常广泛,教育、文化、青年、多语言,还有体育。您如何保持热情和效率呢?

◎答:我的工作重心究竟是什么呢? 这是我一直面临的问题。我认为危机已经给了我答案,教育和文化是我的主要任务,而两者又和青年密切相关。欧洲是个多语言的社会,这也不容忽视。体育则是欧盟机构的新权力,我也是欧盟历史上首个体育委员,体育本身对于社会融合和青年都有重要影响。

◎问:这些领域并非高层政治或经济事务,但确实能够改变老百姓的生活。

◎答:这也是老百姓最感激的领域,无论是教育、文化还是青年、体育,都和老百姓直接相关。我们需要设立和加强那些对老百姓有直接影响的项目。

◎问:网站上有一篇"工作周记"以第一口吻讲述了您某一周的日程安排和体会。可否描述一下最近一周的工作?

◎答:我给你讲个笑话。以前,我的丈夫总是到处奔波,有时候他问我是否愿意和他一起,我总是说,旅行之前我要做好充分的准备,不想去只待一两天的旅行。现在呢,我总是放下一个行李箱,就去收拾另一个行李箱,每周可能会去三四个国家。我感到疲惫而充满挑战,但这也是我的动力来源,特别是每天见到各式各样的利益相关者。比方说,我刚参加完在柏林举办的欧洲电影奖,见到许多有意思的导演和演员;第二天又来到在斯特拉斯堡举行的欧洲议会全会;今天又在这个演播室接受你的采访。这显然是非常有趣又非常有挑战的工作。

◎问:最后几个问题,都是关于中欧在教育、文化和青年方面的合作。您一直是积极推动者,中欧合作也日渐深入和广泛。对于中欧在这些领域的合作,欧洲的最终目标是什么?

◎答:中国是欧盟的合作伙伴之一。最初双边关系有两大支柱,一是政治对话,二是经贸合作,但后来我们想到了第三个支柱,就是人文交流。这是个非常明智的决定,我认为唯有在中国和欧盟的人民之间建立起理解互信,另外两个支柱才能得到预期的发展。我和刘延东女士共同揭幕中欧高级别人文交流对话机制,这意味着双方希望在那些能够给人们带来直接影响的领域建立起更紧密的合作,特别是教育、文化和青年,当然也包括语言,目前体育尚未涉及。我们在很短的时间内,就能够落实许多合作协议。比方说教育,我们已经建立起中欧高等教育合作论坛,也在北京召开了多语言大会。

文化方面,2012 年是中欧跨文化交际年。青年方面,我们已经召开许多涉及青年就业和创业的研讨会。最近中欧还签署了文化与创意文化产业合作方案,因为双方都意识到文化和创意文化产业的重要性,我对 2014 年去中国的访问也非常期待。

◎问:欧盟所有的战略伙伴中,中国在教育文化领域是否受到了最特殊的对待?

◎答:在教育文化领域,我认为中国是唯一与欧盟实现如此广泛合作的国家。我还记得,欧洲学校庆祝中国的新年,中国和欧洲的孩子一起参与庆祝,这都是振奋人心的体验。

◎问:根据最新的《中欧 2020 战略合作方案》,您对中欧合作前景有何建议?

◎答:我们应该延续目前已有的合作,但将其范围扩大,让更多利益相关者参与进来,比如高校、文化创意产业等,举办更多的辩论对话,这些都将有助于促进未来合作和相互理解。

外交——理想丰满　现实骨感

"欧洲是经济巨人、政治懦夫和军事可怜虫。"

——前比利时总理马克·伊斯肯斯

▲＊欧盟 28 个成员国国旗及
欧盟盟旗

▼＊欧盟外交与安全事务高
级代表阿什顿

　　1991 年伊斯肯斯接受《纽约时报》采访时，是这样评价欧洲的。如今的欧盟
已不是当年的欧共体，28 个成员国的集体声音与实力不容小觑。欧盟作为世界
一极，希望代表所有成员国"用一个声音说话"，维护所有成员国的全方位利益。

　　基于成员国共同的经济和安全利益的考量，欧盟对外交往的基本战略是很
明确的。假设欧盟只能选择一个真正的战略伙伴，那应当是美国。

欧洲一体化进程启动以来,美国的支持力量既关键又微妙。美国联邦制度对欧盟是一种极大的启发,而欧盟希望成为与美国势均力敌的世界一极,又让美国始终保持警惕。在双方眼中,另一方既是核心盟友,也是潜在对手。

经济上,欧美相互依存,在合作中竞争,是非常平等的伙伴关系。自二战后马歇尔计划支持欧洲的经济复兴,欧盟大工程就一直受到冷战格局及全球化的影响。近几年欧美分别受到债务危机和金融危机的重创后,开启了跨大西洋贸易与投资伙伴协定的谈判,一旦谈成,就意味着建立起全球最大自贸区。

* 2014 年 3 月,美国总统奥巴马(中)在布鲁塞尔出席欧美峰会。

政治上,欧美相互扶持,战略互信根基牢固,但欧盟始终地处弱势。一旦美国有所施压,欧盟成员国之间的团结可能受到挑战,伊拉克战争期间新老欧洲国家的对峙就是明证。2013 年接连曝光的"棱镜门"监听丑闻在欧洲引起轩然大波,欧盟却又无可奈何。面对跨大西洋的信任裂痕,跨大西洋自贸谈判还在继续,预计将来经济利益的深层次捆绑将不断加固欧美同盟。

安全防御上,美国一直是欧盟的保护伞,但冷战结束后的北约一度处境尴尬,加上近几年美国战略东移,欧盟不得不加紧自身的共同防务建设,这又让美国感到略微心慌。

地中海国家对欧盟的战略价值非同寻常。欧盟委员会前主席罗马诺·普罗迪十几年前就说过,欧盟应当和地中海国家建立一种高于伙伴关系而低于成员国关系的特殊关系。非洲、加勒比海及太平洋地区也是如此,欧盟对这个地区的援助都有政治附加条件。

欧盟认为只有当其周边都是民主而有效管理的国家时,自身的安全利益才能得到保障,因此没有选择建立围墙,而是向周边国家输出民主规范,以此建立缓冲区,这一点在欧盟许多具体的外交政策中都可以察觉。正是因为如此,拉丁美洲则一直处于欧盟对外交往的边缘。

面对金砖四国的崛起,欧盟看到的更多是合作机遇。欧盟与金砖四国以发展双边关系为主,并不存在针对金砖四国的统一战略,但模式大致相同,都被定义为"战略伙伴关系",实际上还是以经贸互利为主。

欧盟与俄罗斯的关系最为复杂纠结,也最能体现欧盟"用一个声音说话"的为难之处。俄罗斯倾向于发展双边关系,对待欧盟成员国的战略不尽相同。欧盟成员国也对俄罗斯看法不一,特别是在能源问题上,欧盟机构勉强不得。

一方面,欧盟外交资源丰富:经济贸易地位突出;欧盟所有成员国的防御预算总和仅次于美国;英国和法国是核能大国,又都是联合国安理会常任理事国;英国、法国、德国、意大利、波兰等国在国际上也有重要地位;等等。

另一方面,许多资源难以调动:欧盟希望塑造一个地区性的角色,成员国却更关注各自的国家利益并和其他国家发展双边关系,多边主义和双边主义的矛盾很难调和;大国与小国常有冲突,特别是扩盟后小国数量明显增加,大国对欧盟外交方向的掌控权减弱;新欧洲国家和老欧洲国家也有冲突,在一些敏感问题上无法达成欧盟层面的统一意见和行动。

因此,虽说欧盟具有其他区域性组织望尘莫及的资源与影响力,但成员国让渡出来的外交主权有限,欧盟归根结缔还是个"代理人"身份,外交目标的实现难免身不由己,外界对欧盟的期望也常有落差。

成员国在欧盟外交中,既可能是引擎,也可能是刹车,唯一不变的是成员国维护国家利益的初始动机。最有影响力的大国中,法国和德国扮演着欧洲一体化和欧盟外交政策发展的引擎角色,而英国常常急踩刹车,坚持将成员国的外交合作维持在政府间层面,即便是提出加大凝聚力和效率,英国也仅仅希望欧盟成为一个超级强权,而不是超级强国。

欧盟机构也是集引擎和刹车于一身,例如欧盟委员会能够代表成员国参加国际贸易谈判,欧洲议会享有预算大权并因此在欧盟外交中占有一席之地,欧洲理事会(即首脑峰会)早已是欧盟形成和表达其国际立场的主要平台。

目前欧盟外交基于三大支柱:共同商业政策、外交安全政策和发展援助政策(发展援助在书中有独立篇章)。欧盟扩大也是最重要的外交政策,但不同于其他政策,扩盟相当于内部政策的外延。

共同商业政策

相较于美国,欧盟的自我定位很有意思:一种讲究规范的民事力量。支撑这种民事力量的关键在于欧盟庞大的共同市场,加上缺乏军事实力,唯有在对外贸易领域,欧盟才具备所向披靡的影响力,特别是边境以外的经济及政治交涉能力。

基于关税联盟的共同商业政策,是欧盟历史上年代最久、一体化程度最高的政策。作为全球最大的贸易集团,欧盟具有垄断性的经济影响力,因此政策制定者不断对外推广"欧洲模式",驾驭全球化进程,市场准入就是它的谈判砝码,《里斯本条约》还首次将共同商业政策划分到欧盟外交领域,以此推广欧洲价值观的政治诉求不言而喻。

从《罗马条约》提出建立一个共同商业政策,到上世纪八九十年代,欧盟贸易竞争力面临行业标准争议、世贸组织出现等许多挑战,再到《里斯本条约》的重大调整,欧盟"用一个声音说话"的梦想,在对外贸易领域实现得非常彻底。目前欧盟机构在贸易上享有专属管辖权,由欧盟委员会作全权代理人,代表成员国与其他国家进行贸易谈判。

事实上,欧委会同时坐在对外和对内的谈判桌上,既可以利用外部的压力增强内部的谈判能力,也可以利用内部的团结一致增强外部的谈判能力。

《里斯本条约》还简化了贸易政策的制定程序,通常采取有效多数投票机制来决定,唯有在可能损害文化语言多样性等特殊情况下,成员国才有一票否决权;扩大了贸易政策的适用范围,开始涵盖服务贸易、对外直接投资、知识产权等领域;扩大了欧洲议会的权力,对贸易协定享有否决权。

过去几十年,欧盟建立起一个非常复杂的贸易优惠协定体系,由于覆盖全球几乎所有国家,其优惠的特殊性已经值得怀疑。当然,最核心的优惠条款还是适用于近邻国家和前殖民地国家,贸易的制裁手段则主要包括反倾销、反补贴、暂时进口限制、贸易壁垒规范等。

外交安全政策

欧盟成员国从 20 世纪 70 年代才开始正式交流各自的外交立场,外交合作的体制建设也一直是停滞不前。直到柏林墙倒塌后,北约前景未卜,巴尔干地区也不稳定,成员国才重启了外交政策商讨。1992 年签署的《马斯特里赫特条约》提出建立共同外交与安全政策后,欧盟逐步在全球安全与危机管理方面有一定活跃度。

1999 年,欧盟领导人在科隆峰会上决定建立欧盟安全与防御政策,其主要目标不是远洋作战,而是冲突预防、危机治理和人道救援,简称为"彼得斯堡任务",特别提出要针对国际危机情况做出迅速反应,及时投递人道主义的物质和人力援助。2003 年 3 月底,在马其顿共和国的维和行动是欧盟首次发起的军事行动,此后其海外任务不断,但涉及军事力量的比较有限。

2003 年,欧盟出台了"欧洲安全战略",明确提出"有效多边主义"的主张和欧洲面临的五大威胁,即恐怖主义、大规模杀伤性武器、失败国家、有组织犯罪和地区冲突。

在人员自由流通的欧洲大陆,非法移民、毒品贩卖等确实需要跨国合作。近几年地中海沿岸的非法移民问题不断加剧,欧盟层面的共同政策也取得不少进展。不过反恐依旧是成员国的核心主权,许多成员国更倾向于建立政府间合作的反恐小圈子,而不是由欧盟制定和参与整个欧洲的反恐计划。

《里斯本条约》在外交安全政策上也进行了一系列调整:欧盟开始具备法律人格,有权在共同外交与安全政策领域缔结国际条约;设立了欧盟外交与安全政策高级代表一职,该职兼任欧委会副主席,将原来分属于欧盟理事会和欧盟委员会的外交权力合二为一;创建了由数千名欧盟机构和成员国外交组成的欧盟对外行动署,作为欧盟外交机构协助高级代表开展工作;将欧盟外交机构权限从传统领域延伸到发展、人权、军事安全、民事危机处理等。

《里斯本条约》尝试将外交与安全重心从成员国转移到欧盟层面,但始终名大于实,止步于政府间协商,成员国政治需求及国际关系变化足以造成欧盟政策乏力,成员国单独行动的情况常有发生。这几年,高级代表凯瑟琳·阿什顿针对国际热点频繁发表的声明鲜有实质主张,外交署总体上乏善可陈。

欧盟扩大

2013 年 7 月 1 日,克罗地亚正式成为欧盟第 28 个成员国。从初始 6 国到 28 国,这已是历史上的第七次扩盟。扩盟是欧盟最重要的外交手段,入盟条件设定也恰恰是欧盟最有效的外交工具,成功推动中欧、东欧等许多国家的政治改革和经济发展,确保欧洲地区的内部和平。

冷战结束后,欧盟以扩大为主要手段,基本上重塑了欧洲大陆秩序,特别是 2004 年中东欧和波罗的海 10 个国家入盟后,地缘政治格局得以迅速改变。扩盟后的 28 个成员国整体经济实力位列世界第一,欧元可与美元相抗衡,一体化的欧洲成为世界重要一极。

《罗马条约》规定,任何欧洲国家都可以申请加入欧共体。1997 年《阿姆斯特丹条约》又补充道,任何尊重自由、民主、人权和法治的国家都可以申请入盟。

1993 年在哥本哈根举行的欧盟峰会上,成员国就具体可操作的入盟条件达成一致,即一个运转良好的市场经济,能够应对欧盟内部的竞争压力和遵循市场规律;一个确保民主、法治、人权和少数派尊重与保护的稳定机制;能够承担成员国义务,与欧洲经济及政治联盟的目标保持一致。峰会还提出,欧盟吸收新成员的能力也是扩盟的重要考虑因素之一。

扩盟,或者说"入盟期望",一直是欧盟向中欧、东欧及东南欧国家传递和平、民主与发展的主要手段。欧盟制定出游戏规则和民主程序,以此对入盟申请国施加影响,特别是督促甚至警告这些国家进行政治经济改革,可以说是充分挖掘利用了欧盟本身具有的吸引力。

当时对中欧、东欧及东南欧国家来说,欧盟承诺的可信度很高,加入欧盟意味着本国经济发展和国际地位的明显提升,总体来说入盟的性价比很高。美国 911 恐怖袭击后,欧洲国家对安全的担忧变得更加紧迫,欧盟像是一把"保护伞"。

但凡事有度,过犹不及。大范围的扩盟导致成员国实力悬殊过大,特别是南欧北欧、东欧西欧的经济发展水平相距甚远,财大气粗的核心成员国和势单力薄的外围成员国慢慢演化出一个"双速欧洲",欧盟内部的深层次改革也因此更加难以推进。2008 年全球金融危机以来,欧洲受困于经济社会危机,欧盟在扩盟计划上越来越慎重。

土耳其入盟路漫漫

欧盟与土耳其的关系可能是扩盟过程中的最大败笔。土耳其早在 1987 年就申请入盟,1999 年获得候选国资格,2005 年启动入盟谈判,至今进展不顺,已然是申请入盟耗时最长而不得成功的国家。

伊斯坦布尔的博斯普鲁斯大桥连接亚欧大陆

欧盟成员国对土耳其的看法大相径庭:

土耳其是北约成员国,地理位置敏感,近邻包括叙利亚、伊朗、伊拉克等国,一旦入盟将对欧洲外交与安全政策产生重大影响;

土耳其横跨亚欧两大陆,博斯普鲁斯海峡是亚洲大陆和欧洲大陆的分界线,一些成员国坚持认为土耳其没有资格申请入盟;

土耳其是民主国家,但军队又在其国家政治中扮演重要角色,言论自由和人权问题也常常受到西方指责;

土耳其的经济以农业为主,入盟后将给欧盟预算带来很大负担;

土耳其是世俗国家,但人口以穆斯林为主,文化和宗教因素是入盟争议的焦点,反对者认为土耳其缺少欧洲认同感。

不过,对于这些顾虑与争议,欧盟极少将它们搬上台面,却又难以打消。入盟的重重障碍中,欧盟最常提及的反而是塞浦路斯领土争端和土耳其民主改革难达标。

1997 年在卢森堡举行的欧盟峰会上，土耳其作为申请入盟国家却被单独列在一边，直接导致土耳其与欧盟中断关系。1999 年赫尔辛基峰会上，土耳其才被正式列为候选国，但峰会同时强调，唯有满足所有政治条件，才能启动入盟谈判。

2002 年哥本哈根峰会上，由于土耳其是美国在伊拉克战争中的战略伙伴，美国不断施压欧盟开启入盟谈判，欧盟才同意在 2004 年底开启谈判，前提是土耳其满足入盟的所有政治条件。随后土耳其议会通过了一系列加强人权保护和民主原则的法律。

入盟谈判最终于 2005 年 10 月开启，却在很长一段时间内停滞不前。一方面土耳其未能按照欧盟要求，和所有成员国实现邦交正常化，特别是一直未向塞浦路斯开放港口；另一方面德国和法国作为掌握欧盟话语权的核心成员国，一直在琢磨经济利益得失和地中海战略权衡，一些政治家甚至呼吁另辟蹊径，改为谈判建立特殊伙伴关系，与欧盟实现互惠互利。

这样的想法有些为时太晚，另辟蹊径一旦落到实处，必然是欧盟和土耳其双方的艰难决定。但目前的"拖延战术"并非长久之计，这也是欧盟外交缺乏大欧洲战略和魄力的一个缩影。

土耳其方面，由于多年努力而难有突破，挫败恼怒感日益强烈。2013 年 9 月，土耳其负责入盟谈判的首席代表埃盖曼·巴厄什发表文章称土耳其可能永远不会入盟，而是更有可能像挪威一样寻求欧盟市场的特别准入许可。

2013 年 10 月初，在欧盟理事会主席范龙佩应邀出席的"辩论欧洲"年度研讨会上，巴厄什借着发言机会再次表达强烈抗议：

"欧盟恐怕需要编个新故事。欧盟毫不重视土耳其。"

"我们不指望立刻入盟，但至少要享有入盟候选国待遇，不能被搁置在角落里。"

"这让我们感到是一种侮辱，比方说土耳其公民进入欧盟国家还需要办理签证。"

研讨会主持人、"欧洲之友"主席艾蒂安·达维格农略失风度地打断了他，理由是"这个研讨会不允许有讲话稿的发言"，瞬间火药味四起。

范龙佩在会场气氛稍有缓和后说,土耳其入盟是非常复杂且将更加复杂的问题,但土耳其对欧盟而言一直是个至关重要的国家。这样的回答似乎无济于事。

范龙佩在"辩论欧洲"年度研讨会上接受参会者的提问

研讨会结束后,有几个参会者主动向巴厄什递上名片,并表达他们的"同情"和"慰问"。当天欧盟委员会扩盟和睦邻事务委员斯特凡·富勒还和巴厄什进行了会面,提出希望尽快实现土耳其公民进入欧盟国家免签证。巴厄什的抗议看似取得微弱的效果,土耳其在欧洲人心中也确实存在很大的争议。

那么欧盟在土耳其人心中又是如何呢?当地最新民调显示,相比2004年的73%入盟支持率,目前仅有44%的土耳其民众依旧支持入盟。入盟之事久盼而不得,加上土耳其这些年经济发展迅速,欧盟的魅力大不如从前。

2013年10月中旬,欧盟委员会最新的评估报告建议重启入盟谈判,同时督促土耳其继续进行民主改革。举步维艰的土耳其入盟之路算是向前迈出一个小碎步,这个伊斯兰大国的"欧盟之梦"看起来依旧遥不可及。

中欧——求同存异　互利互联

"中欧关系考验着欧盟能否适应多极化世界中全球力量的重新划分。"

——"欧洲之友"2013 年中欧关系政策报告

＊习近平访问欧盟总部期间的中欧活动标识

2014 年春天，习近平在布鲁塞尔与欧盟三大机构领导人会面。这是中欧建交以来，中国国家元首首次访问欧盟总部，可见中国重视欧盟、支持欧洲一体化，有意进一步深化中欧关系。

今年是中欧新一轮合作的开局之年，光伏、红酒等贸易摩擦逐一化解，《中欧合作 2020 战略规划》有待落实，双方有意商谈投资协定和自贸协定。时至今日，中欧关系已经具有不可替代的特殊性，习近平为期 11 天的欧洲之行也将促成更深层次的相互理解与往来。

1975 年，中欧正式建交；1985 年，中欧签署贸易经济合作协定；1995 年，欧盟决定与中国开展"建设性交往";1998 年,中欧领导人首次会晤在伦敦举行。但是,新世纪之前的中欧关系进展缓慢,欧盟对华政策也没有明确的战略。

直到 2003 年,中欧升级为全面战略伙伴关系,双边合作才驶入快车道,从经贸扩大到战略、安全、人文等各领域,特别是在最高领导人会晤机制的引领下,逐步建立起高级别战略对话、经贸对话和人文交流机制等三大支柱,从政治到经济,从官方到民间,中欧真正开始互通互联。

中欧关系中,贸易一直是根基,投资是潜力股,随着双边经济的日渐互生共存,经贸合作与纠纷化解日趋成熟;全球及区域性战略合作上,中欧还在不断摸索与磨合,若能齐心应当大有可为,但美国因素难以忽略;意识形态上,东西方的价值观差异依旧存在,但许多误解和偏见在交流中能够得以化解。

欧盟一直致力于将中国转变为"负责任的利益相关者"和"基于法治的开放社会"。欧盟的自身定位是一种民事的、讲究规范的全球力量,主张通过非军事手段达成所愿,因此对中国的武器禁运至今尚未解除,并依旧拒绝承认中国的市场经济地位。

布鲁塞尔知名智库"欧洲之友"在 2013 年 11 月发布的一份中欧关系政策报告认为,尽管中国还会继续从欧洲取经,但绝不会任由欧洲摆布。相反,欧洲在经济放缓、失业率上升、财政紧缩等诸多不利条件下,甚至需要向中国证明其依旧是值得信赖的合作伙伴。

看来在与中国这样的新兴经济体交往过程中,欧盟不得不及时调试心态,中欧的未来也将是对欧盟外交能力的一大考验。不过,根据双方达成的《中欧合作2020 战略规划》,未来十年中欧合作应当能够继续平稳发展,在应对气候变化、城镇化建设等更广泛的领域里展开良性互动,中国也将继续是欧洲寻求与亚洲对话的核心。

经贸是关键

经贸合作是中欧伙伴关系的脊梁骨。一方面欧盟是中国第一大贸易伙伴，中国是欧盟第二大贸易伙伴。2013 年中欧光伏贸易纠纷的妥善和解，也被视为双方以"平常心"对待贸易摩擦的标志。

另一方面，中欧双边投资总额非常有限，欧盟统计局数据显示，2012 年中国在欧盟 27 个成员国的投资总额为 35 亿欧元，仅占欧盟外来投资的 2.2%，而同年欧洲在中国的投资总额为 99 亿欧元，占中国外来投资的 11.4% 和欧洲在全球投资的 2.4%。双方都希望积极推进中欧投资协定谈判，为双方企业消除市场准入壁垒，未来几年双边投资潜力巨大。

中国正在加快转变发展方式，并已经决定放宽外资准入，而欧洲的重心是实现经济复苏与增长，最能实现互惠互利的合作集中在科技创新、节能环保、新型城镇化、互联互通等领域。中国特别希望欧洲放宽高技术贸易限制，而欧洲迫切想要打入中国电信、能源、建设、金融等行业。

2013 年底，第十六次中欧领导人会晤前夕，当时即将访华的欧盟委员会主席巴罗佐接受了我的书面专访，对中欧关系的现状和未来有清晰阐述。发言人席尔瓦女士说，除此以外，巴罗佐在出发前没有接受任何其他记者的采访。专访原文如下：

◎问：如何评价当前的中欧关系？双边关系的关键点有哪些？

◎答：中欧愈发高度相互依存。欧盟及其 28 个成员国组成了全球最大的单一开放市场，拥有 5 亿消费者和 12.6 万亿年均 GDP，致力于在欧洲乃至全球实现和平、安全与繁荣；而中国是全球发展最迅速的经济体，已经在国际舞台上扮演重要角色。

十年来，中欧关系发展惊人，不断协调共进，并且连结紧密。过去九年，欧盟一直是中国最大的经济伙伴。2012 年双边商品贸易总额超过 4338 亿欧元，相比 2003 年增长四倍，为双边创造无数就业与商业机会。中欧人口总数超过全球四分之一，每年中欧双方有 600 万人口相互往来。中欧伙伴关系对双方的发展与繁荣至关重要。

中国对于绿色经济和城市化建设的巨大需求，将给欧洲企业带来许多商机。欧洲在打造高效节能城市方面经验丰富，能够帮助提升中国民众的城市生活。中欧可持续城市化伙伴关系就是推进双方合作的极佳平台。

双边合作朝着各领域延伸之际，中欧可以深入推进国际与全球事务合作，我相信这是"战略伙伴关系"的要义所在。近年来中欧不断加强相互理解信任，共同应对伊朗、海盗等复杂的国际问题，携手合作为全球安全做出了贡献。

◎问：对于第十六次中欧领导人峰会有何期待？

◎答：中欧关系正处于重要关口，本次峰会意义非凡。正值中欧全面战略合作伙伴关系成立十周年，这也是中国最高领导层换届后的首次峰会。前两次中欧领导人会晤非常成功，一是 2012 年 5 月时任中国副总理李克强访问欧盟，二是 2013 年 4 月欧盟外交和安全政策高级代表阿什顿访问中国。本次峰会将由中国总理李克强主持，欧盟相信这将是展望中欧未来十年合作的重要契机。

欧盟希望本次峰会覆盖双边关系的方方面面，包括政治对话、经济贸易、人文交流等领域。欧盟希望为中欧全面战略伙伴关系的不断深化发展指明方向，以携手应对未来的各种挑战。

此前双方在峰会议程上合作密切，峰会之外还有系列边会安排，包括高级别城市化论坛、中欧企业展览、商业峰会、创新对话、高级别能源会议、高级别地区政策对话和青年创业专家研讨会等。

◎问：中欧应当如何深化全面战略伙伴关系？未来的大方向在哪里？

◎答：欧盟希望在安全、繁荣和可持续发展领域加强合作。绿色增长是双方未来发展的优先方向，绿色产业将为全球经济可持续增长注入活力，并为中欧企业创造大量的新机会。可持续城市化发展伙伴关系也是中欧未来合作的关键领域。

我相信中欧将对推进战略伙伴关系的长远规划达成共识，特别是专注于互惠互利的战略合作领域。欧盟还期待双方共同应对全球可持续发展、气候变化、周边安全等重大国际问题，并在二十国集团框架内进一步加强合作。

创新是欧盟发展战略的核心，中国也是欧盟在创新领域的关键合作伙伴。欧盟希望与中国增进互动、加强人文交流，目前双方在教育、文化、青年和旅游等领域交往密切。欧盟还希望不断开拓新的合作领域，比如发展援助和网络安全。

欧盟期待未来的中欧关系继续成为促进双方经济增长、就业、发展和创新的主要源泉。

◎问：对于此前中欧妥善解决光伏纠纷有何看法？

◎答：中欧能够妥善解决光伏纠纷，可见双方都有意愿和能力共同解决具有挑战性的贸易问题。欧盟和中国这两大经济体有着巨大的合作潜力和基础，应当以此为鉴，今后再次遇到分歧时，能够立即展开积极磋商，在分歧演变为纠纷前就把问题解决。

◎问：对于中欧双边投资协定谈判有何期待？

◎答：欧盟希望在本次峰会上正式启动中欧双边投资协定谈判，并认为这是最恰当的时机。中欧双边投资协定已经得到欧盟成员国、商界和欧洲议会的大力支持。欧盟希望该协定能够为双方企业消除市场准入壁垒，为双方的投资企业和投资活动提供高级别的保护。中欧经济逐渐高度融合，贸易往来密切，但双边投资总额极低。欧盟还希望投资协定能够为欧盟企业在华长远投资提供一个有保障、可预测的法律框架。

偏见与沟通

贸易繁荣之外，中欧交往一直是跌跌撞撞的，既有意识形态和价值观的差异，也有诉说和倾听不足导致的偏见与误解。2008 年由于时任法国总统萨科齐坚持要会见达赖，中国决定推迟中欧领导人会晤；两年一次的中欧人权论坛时常让双方感到受挫；2013 年中国与中东欧国家领导人会晤期间，有些反华疑华政客学者甚至指责中国试图"分裂和统治"欧洲。

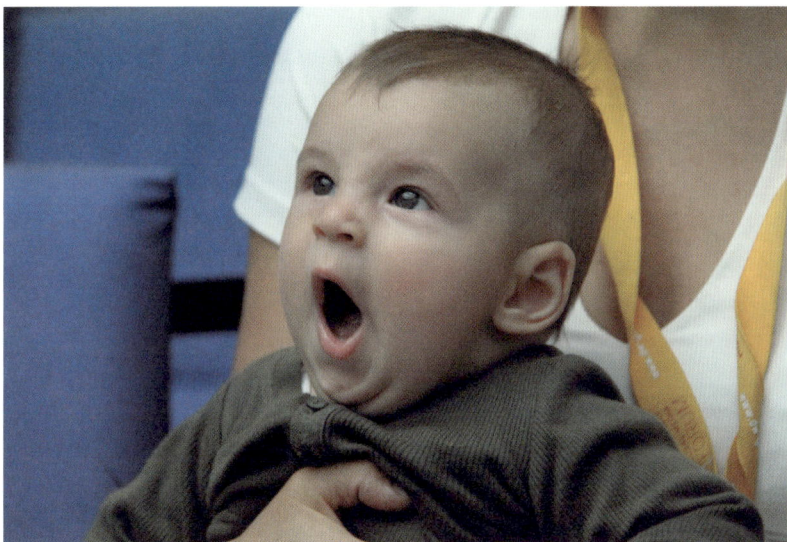

2011 年 6 月，"德国之声"第四届全球媒体论坛在波恩举行，来自上百个国家的千余名政客、学者、记者及非政府组织代表一起探讨人权、媒体自由、社交媒体等热点话题。中国人权状况不断成为嘉宾们群起攻击的对象，而现场除我以外，仅有一名学者来自中国。图为一名嘉宾带着孩子来参会。

不同于中国老百姓对欧洲的普遍向往，许多欧洲老百姓对中国了解不多，欧洲的精英阶层对中国的态度也往往相差甚远，这在布鲁塞尔许多与中国有关的会议上都能有所察觉。不过，这几年沟通交流还是主线，中欧之间频繁走动，尤其是中国在与欧洲交往时表现出更多自信，欧洲对中国的观察与理解也日积月累，未来可能有质的飞跃。

对阵资深议员

2012 年 10 月，我收到法国 24 台《谈话欧洲》节目主持人克里斯多夫·罗伯特(Christophe Robeet)的邀请，作为这档节目里的首位中国嘉宾，就中欧贸易发表看法。到了现场才得知，我需要与欧洲议会资深议员埃尔玛·布洛克(Elmar Brok)进行辩论，而这位议员对中国颇有偏见。

主持人首先发问：中欧贸易公平吗？

布洛克答：欧洲对中国贸易倾销越来越感到担忧。

我反驳：贸易总要让双方都有收益。纠纷越多，也说明中欧贸易越密切。

布洛克说：有些贸易条件不公平，人民币明显被低估，欧盟必须采取措施。

我反驳：中国从欧盟进口的增长比例远高于中国向欧盟出口的增长比例。这也是中国帮助欧洲度过危机的方式，中国还希望欧洲更多地向中国转让高新技术。

主持人问：光伏案是否会导致中欧贸易战？

布洛克答：虽说中国是市场经济，但依旧是集中化管理，还需要加大透明度。

我补充说：中国三分之二的光伏产品都出口到欧洲，一旦加收关税，将是致命打击。

主持人问：欧债危机是否促使中欧关系得以调整和更进一步？

布洛克答：欧盟是全球第一大贸易体，中国是全球第二大贸易体，双方相互依存。

主持人说：中国一直希望欧洲承认其市场经济地位。

布罗克答：欧债危机不应当被中国利用为谈判的砝码。

我反驳：根据世贸组织规则，欧盟应当在 2016 年承认中国的市场经济地位。如果能够提前认可，将是非常友好的姿态，至少可以将此事列入探讨议程。

……

这场辩论完全在我的意料之外。我在日常采访中也认识了不少欧洲议员，但从未有过这样激烈的观点交锋。节目播出后，主持人罗伯特发来短信说："无论他在议会多么权威，他可不是最容易应付的对手。我很喜欢你在节目最后坚定地反驳了他的观点。"

后来得知，布洛克自 1980 年起任议员，是欧盟宪章核心贡献人和欧洲议会外交委员会主席，也是德国现任总理默克尔的亲信；德国前总理科尔曾经颇为讽刺地将布洛克的一生概括为"出生，结婚，议员"。回想起来，倘若没有这番经历，很难对中欧之间的固有分歧有如此直观的感受。

在法国 24 台的官方网站上，可查询到这一期有关中欧贸易的节目。

中国梦与欧洲梦

"欧洲心脏"布鲁塞尔的政治氛围向来浓厚。这里白天有大大小小的政策研讨会和新闻发布会，晚上还有许多当地智库举办的"头脑风暴"。

某天晚上，一场"中国梦与欧洲梦能否兼容"的自由辩论会吸引了数百名听众，讲台上的三名欧洲政客严阵以待。主持人开场就让听众举手投票，根据我的目测，认为"中国梦与欧洲梦能够兼容"的人数约占 60％，认为"中国梦与欧洲梦不能兼容"的人数约占 40％。

这几年，布鲁塞尔的智库习惯于围绕欧债危机设置议题，由于欧洲经济复苏希望得到中国支持，而中欧贸易摩擦时有升级，当地智库也经常将中国及中欧关系设为探讨的主要议题。

有意思的是，这一次主办方要求全场遵循由英国皇家国际事务研究所创立的"查塔姆大厦规则",即与会者可以使用会议内容,但不得透露发言人及其他与会者的身份,以此鼓励自由发言。根据"查塔姆大厦规则",我依次将主讲人列作英国人、德国人和比利时人。

英国人首先说,欧盟外交政策的首要任务是捍卫人权,欧洲要和中国保持贸易关系,更要加强人权对话。(言辞不乏对中国的偏见和讽刺。)

德国人说,贸易制裁只会导致两败俱伤,欧洲和中国并非竞争关系,中欧可以和谐共生,关键是欧洲要重新考虑双方的贸易关系,重在互利合作,而不是相互对抗。

比利时人说,相比正在向前看的中国人,欧洲人似乎总在回头看,不断怀念上个世纪的好时光,好像还在梦中没有醒来。他认为,欧洲的未来还是光明的,但前提是欧洲人需要努力地拼搏,充分利用欧洲本土的优势资源。

在提问环节,听众甲问道:"欧洲经济是否已经功能失常?"听众乙关心的是,"欧洲人总在沙滩上晒太阳,而中国人总在勤奋地工作,中国是要赶超欧洲了吗?"听众丙直接问那个英国人:"你有尝试过在中国的大街上和普通的老百姓聊聊天吗?"

在长达一个半小时的辩论中,三个主讲人都没有明确表达他们对于中国梦与欧洲梦的定义,以至于有听众当场提出,应当先就概念本身达成共识。

根据中国国家主席习近平的定义,中国梦就是要实现国家富强、民族振兴、人民幸福,中国梦归根到底是人民的梦。《欧洲梦》的作者杰里米·里夫金在2004年提出,欧洲梦强调的是政治共同体、文化多样性、生活高质量、发展可持续和全球合作的多边主义,尽管这一光环已经受到债务危机的冲击。

辩论接近尾声时,德国人和比利时人再次强调欧洲和中国加强互信合作的重要性,二人同时质疑了美国一直以来标榜的民主自由,尽管他们都没有直接提到斯诺登和"棱镜门"。而英国人最后略有尴尬地说,祝贺德国人和比利时人,用不是母语的英语来辩论,还能这么厉害。

散场前,主持人再次要求听众举手投票,这一次支持"中国梦与欧洲梦能够兼容"的人数大约占到90%。

(2013 年 7 月 9 日写于布鲁塞尔)

援助——全球领袖　外交利器

"体面的生活首先是免于冲突、享有太平；其次是基本元素得到保障，例如吃好饭、上好学、有医疗、有就业；再者是任何人不因为相对贫困而受到任何束缚。"

——欧盟发展事务委员皮耶巴尔格斯

2013 年 11 月，超强台风"海燕"席卷菲律宾后，欧盟委员会立即拨出 300 万欧元用于紧急救助和 1 000 万欧元用于当地灾区重建。正赶上联合国年度气候大会在华沙召开，欧盟的快速行动在会场赢得不少赞誉。类似的突发灾难援助其实不过是欧盟发展援助的一小部分。

欧盟及其 28 个成员国作为一个整体，可以说是世界上最重要的援助力量，提供一半以上的全球官方发展援助和三分之二以上的全球人道主义援助。作为官方发展援助的领头羊，欧盟还于 2005 年承诺，到 2015 年实现公共发展援助达到国民总收入的 0.7%。欧盟将发展政策的核心目标定为在全球范围内消除贫困。

《里斯本条约》中，发展政策已被纳入欧盟对外关系领域，实际上是欧盟外交政策的核心支柱之一，目前在外交与安全政策高级代表的指挥下，由外交事务理事会负责协调。欧盟发展援助的外交与政治色彩不断加强，特别是欧盟希望向其他国家输出民主规范理念，欧盟以外的其他国家对此褒贬不一。当然，欧盟在全球发展事务中的协调作用及其政策连贯性都是毋庸置疑的。

发展政策变迁

由于殖民历史,欧洲国家和许多发展中国家关系密切。上世纪五六十年代,欧洲经济共同体的框架搭起后,欧洲国家希望在框架下继续维持与前殖民地的联系,特别是帮助前殖民地实现经济社会发展。因此很长一段时间内,欧盟发展基本上可以被视为后殖民主义政策。

1975年,当时的欧共体9国与非洲、加勒比海和太平洋地区46个发展中国家共同签署了《洛美协定》,这被视为欧洲发展援助从殖民主义过渡到平等互利合作的重要里程碑。《洛美协定》强调欧共体与这些发展中国家的"伙伴关系",这一南北合作的典范也帮助欧洲日益成为全球发展事务中的领袖之一。

2000年,《洛美协定》到期后,签署协议的大部分发展中国家经济状况不尽如人意,欧盟也认为非互惠贸易体系和世贸组织规则并不相符,甚至认为这对其他低收入国家造成歧视,而援助并没有足够有效地减少贫困人口。

为此,一方面欧盟选择加入联合国的千年发展计划,致力于实现在全球范围内将极端贫困人口比例减半、遏止艾滋病蔓延、普及初等教育等八个千年发展目标;另一方面,欧盟15国与非洲、加勒比海和太平洋地区国家集团77个成员国于2000年6月共同签署了《科托努协定》,以此取代《洛美协定》作为欧盟发展政策的最新主要手段。

《科托努协定》于2003年4月才正式生效,相比《洛美协定》,强化了欧盟援助的政治化特征。例如,欧盟放弃了非互惠原则而转向贸易自由化,同时引入区别待遇原则;欧盟援助也不再局限于对发展中国家需求的考量,而是综合考虑发展中国家的自身表现,特别是经济改革成效、资源利用效率等等。过去十多年的评估显示,《科托努协定》下欧盟援助的有效性得到提高,特别是撒哈拉以南的非洲国家获得了更多援助。

新世纪以来,《科托努协定》下的欧盟发展援助日益与移民、贸易、安全等政治目标相结合,同时欧盟还尝试让所有成员国在发展援助政策上达成一致。简言之,欧盟已经将发展援助政策纳入到更广泛的对外关系议程,欧盟费尽心思将自身打造为"善的力量",以此提升其国际地位和影响力。

但是,发展援助依旧是欧盟和其成员国的分享权力,欧盟当前的援助政策较为碎片化,成员国依旧是对外援助的最主要力量,而欧盟机构更多是发挥协调协助作用。危机以来,许多欧盟成员国难以完成原定的援助指标,欧盟因此出现"执行赤字",发展中国家也被迫面临援助规模缩减、贸易环境恶化的窘境。

2011 年 4 月,美国微软公司创始人比尔·盖茨来到位于斯特拉斯堡的欧洲议会总部,呼吁欧盟国家继续保持并加大对最贫困国家的发展援助。债务危机下欧洲经济状况欠佳,盖茨担心欧洲因为眼前困难而丢掉善心。

不过,欧洲晴雨表 2013 年底的问卷调查显示,在经济危机大背景下,绝大多数欧盟民众依旧认为有必要帮助发展中国家消除贫困,并认为援助行动能够给欧洲带来收益。受调查民众还提出,欧盟未来的发展援助应当侧重于经济增长、就业、健康和教育。欧盟的发展援助也确实朝着可持续发展和经济增长的方向有所倾斜,同时还持续关注受援国家的食品质量、教育质量、空气和水质量等。

联合国千年发展计划的截止时间是 2015 年。根据目前的进展,许多目标都将难以完成,但欧盟表示其发展政策将继续朝着这些目标努力。与此同时,联合国正在筹备 2015 年后全球发展计划的政府间谈判。作为活跃方之一,欧盟也在积极提出构想,既希望延续和扩展当前的千年计划,又提出"2030 年所有人体面生活"的长远规划,显然是想在全球发展新格局继续保持话语权。

许多新兴经济体也逐步融入全球发展议程,"南南合作"已经成长为受援国家的"另一种选择"。对此,欧盟的核心思路是向新兴经济体伸出"橄榄枝",邀请他们加入对话并积极寻求"互补性"合作模式。有个贴切的英文单词是 engagement,毕竟像中国这样的新兴经济体不会再扮演可以忽略不计的小角色了。

或许正因为如此,2013 年 11 月,欧盟负责发展事务的委员皮耶巴尔格斯欣然接受了我的电视采访请求。节目播出当周,皮耶巴尔格斯先生第二次与我见面时,非常肯定地说,他希望多接受中国媒体的采访,多表达他对发展问题的看法,多和中国展开对话。

面对面·欧盟发展委员皮耶巴尔格斯

安德里斯·皮耶巴尔格斯,欧盟发展委员。生于 1957 年,来自拉脱维亚,曾任欧盟能源委员,2007 年被《经济学人》杂志评为"年度政客"。

他的政治生涯始于上世纪 90 年代,先后担任过拉脱维亚教育部长、议会议员、财政部长和副首相,还担任过拉脱维亚驻爱沙尼亚大使和拉脱维亚驻欧盟大使,并帮助拉脱维亚成功加入欧盟。

2013 年 11 月 21 日,他在欧盟委员会的演播室接受了我的电视专访,访谈原文如下:

◎问:请您简要介绍欧盟当前的发展政策,特别是政策的目标与成就分别有哪些?

◎答:欧盟发展政策的出发点是减轻全球贫困,基准就是联合国千年发展目标。在减轻全球贫困的过程中,欧盟对于治理、性别等相关问题也有关注。近年这一模式有所调整,欧盟开始更加关注与经济增长相关的领域,特别是农业和能源。我认为这是正确的选择,当然核心目标还是在全球范围内减轻贫困。

◎问:您说欧盟发展政策以联合国千年发展目标为基准点,欧盟对其贡献值有多少?

◎答:首先,全球一半以上的官方发展援助来自欧盟及其成员国,数百万儿童因此获得教育机会,数百万孕妇因此获得生育协助。欧盟针对卫生体系建设的投资也大大降低了新生儿死亡率,并特别关注饮用水问题。比方说,乍得是个非常脆弱的国家,但在欧盟的帮助下将于 2015 年实现联合国千年发展目标中的饮用水目标,这对于乍得和欧盟来说都是极大的成就。

◎问:距离 2015 年所剩时间不多,欧盟对联合国千年发展目标的落实有几成把握?

◎答:我们应当实现所有的目标,但目前有两大难点:一是产妇死亡率必须降低,特别是在撒哈拉以南地区;二是卫生设施必须改善,欧盟已经额外投入 10 亿欧元用于帮助特定国家的卫生设施建设,我不知道这是否足够，但也确实是欧盟能够投入的最大额度。

◎问：您认为 2015 年后的全球发展援助计划应当是怎样的？

◎答：作为联合国发展议程高级别名人小组成员之一，我认为千年发展计划应当得以延续。目前该计划设定的目标都是减半，而非完全消除，而我们应当在相同的框架下不断努力，确保每个孩子都能入学，每个孕妇都能平安分娩，确保马拉维和拉脱维亚的新生儿死亡率是类似的。当然，有些合作伙伴，特别是来自发展中国家的合作伙伴，更关心就业权利、公平公正和可持续发展。

因此最终能够达成的应当是一项综合性的协议，有几个精心设定的明确目标。有一点共识是，新计划不仅应该帮助人们摆脱极度贫困，还应该帮助他们实现一种我们也能够接受的生活质量。

◎问：在这样的综合性框架下，欧洲如何自我定位？

◎答：欧洲首先要在其内部积极落实这一框架，其次要团结一致帮助那些起点较低、挑战较大的国家。

◎问：说到团结，欧盟内部的发展政策是否有些碎片化？

◎答：欧盟内部的发展政策一直都是碎片化的。欧盟机构每年有100 亿欧元的发展资金，但这仅仅是欧盟发展资金的一小部分，大部分发展资金都由欧盟成员国提供。许多发展援助项目都是欧盟机构和成员国联合发起的，通常是欧盟机构对成员国的国际发展援助计划予以配合支持。随着欧洲政治一体化的进一步发展，许多问题已经开始弱化，但成员国至今不愿意将发展援助的权力统一交给欧盟，欧盟机构与成员国只能不断寻找平衡点。

◎问：近几年欧盟发展援助政策是否受到了经济债务危机及其他因素的影响？

◎答：经济危机对发展政策确有冲击，但上一个七年预算计划和下一个七年预算计划中的发展预算比例并无明显变化，只是不同成员国之间的行动力不尽相同，其中英国表现抢眼，而德国在我看来还有进步的空间。目前有四个欧盟国家成功将发展预算维持在国民总收入的0.7％以上，分别是卢森堡、丹麦、瑞典和荷兰。欧盟的平均水平只达到国民总收入的 0.42%，还需要加倍努力，但这对成员国政府是个挑战。

◎问：根据欧盟 2014 至 2020 年中长期预算方案，欧盟发展政策将走向何方？

◎答：欧盟还将坚持减轻和消除贫困的核心目标，并支持包容性和可持续经济增长。许多发展中国家都具备增长潜力，关键在于如何确保增长的可持续性，确保自然环境免受破坏，吸取过往发展的深刻教训。欧盟每年向非洲国家提供 45 亿至 50 亿欧元的援助资金，却不足以解决所有问题。也许可以尝试援助资金和援助贷款的"混搭模式"，目前欧盟已和欧洲投资银行、成员国投资银行、非洲投资银行、亚洲投资银行、美国投资银行和世界银行建立这样的合作关系。关键在于援助资金能够吸引更多的"软性贷款"，带动基础设施等方面的投资，欧盟并不希望年复一年地提供援助资金，而是希望发挥这些资金的"催化剂"作用。

◎问：您提出到 2030 年让所有人过上体面生活的目标，怎样的生活才算是体面的？

◎答：我认为体面的生活首先是免于冲突、享有太平；其次是基本元素得到保障，例如吃好饭、上好学、有医疗、有就业；再者是任何人不因为相对贫困而受到任何束缚。这就是我们希望达到的底线要求。

◎问：这是个可能实现的目标吗？您打算如何说服其他的国际合作伙伴？

◎答：我相信 2015 年后的全球发展框架会非常振奋人心。2014 年的谈判必定艰难，但难在细节，而非大方向。千年发展计划已经是个非常好的框架，也是首个全球性发展计划，已经具有政治和资金力量的支撑，且有明确的衡量标准，延续这个框架又有何妨？它能给各个国家的发展计划指明方向。

◎问：欧洲的发展项目能够帮助实现体面的生活吗？欧洲提供的和受援国家所需要的之间存在差异吗？

◎答：目前还有很多国家起点较低，缺乏基础设施、生活没有结余、冲突还在持续、政治力量不成熟等。但是改变必须来自一个国家内部，因为主权概念对任何一个国家都是非常强烈的,哪怕是极小的国家。一个国家必须具备足够的自信来设计本国的发展模式,并不断巩固这个模式的根基,模式本身是不能从其他国家进口过来的。

欧洲基本上是一个众多小国家的联盟,联盟成立的初衷有许多考虑,但我认为欧洲的潜力在于欧盟内部没有市场壁垒。相比之下,非洲大陆上仅有10％的贸易是在大陆内部,非洲国家应当想办法消除市场壁垒,才能实现个个都是赢家的愿望。

◎问:听起来您建议非洲建立共同市场,但又认为欧洲的经济社会模式不能出口到其他地方,那么如何在非洲大陆内部产生合适的经济发展模式呢?

◎答:非洲领导人都说想要建立共同市场,但一旦进入落实阶段就不断遇到障碍。落实意味着许多国家一起作出重大决定,可惜非洲领导人往往达成共识后难以落实。欧洲也同样面临落实的困难,欧洲一体化进程中许多重大决定都是在经济困难时期做出的,比如银行业联盟、公共财政监管等,这在几年前还很难想象。

◎问:您认为非洲应当照搬欧洲模式吗?

◎答:不是,我并非这样认为。欧洲模式是非常特殊的,也只是我举出的一个例子。欧洲模式最大的优势在于商品、服务、资本和人员的自由流动。欧洲在经济危机中经受住了考验,并在考验过程中作出许多政治妥协。

◎问:发展政策已成为欧盟外交安全政策的一部分,这是否意味着发展政策的政治性更强? 这对发展政策的实际效果有何影响?

◎答:欧盟坚持认为,若没有安全与和平的保障,就没有发展或经济增长可言。欧盟发展政策还是相对独立的领域,尽管它确实被列为欧盟外交活动的一部分。在实际工作中还是相对平行的关系,发展政策并没有完全融入到外交安全政策中,特别是欧盟条约明确规定,发展政策的最终目标是消除贫困。

◎问:但是欧盟的援助都有附加条件,比如良好治理、贸易自由化和人权?

◎答：人权和法治总是并行的。面对亟需援助的人们，究竟应该提供面包呢，还是应该帮助他们建立法律体系呢？这始终是需要不断寻找平衡的。当然最主要、最基本的问题还是健康、教育、农业、食品安全和营养，目前欧盟的大部分资金还是用来实现基本需求、电力能源、道路桥梁建设等。

◎问：您如何看待"南南合作"？新兴经济体在发展领域日渐活跃。

◎答：我非常欢迎"南南合作"，新成员总是要受到欢迎的，特别是新成员能够带来更多的发展援助资金。之前我对哈萨克斯坦的政府官员说："很抱歉欧盟不得不从明年开始停止对你们的援助项目。"但他们说："我们正在创建自己的发展项目，打算帮助其他国家。"这在我看来，对双方都是极好的消息。

◎问：那您如何评价中国不带任何附加条件的发展援助模式？

◎答：中国援助预算不断增长，中国与受援国家的政治经济关系也不断推进。考虑到中国的人口和经济实力，中国对健康、发展、贸易、水资源、气候变化等全球议题都有重要影响，中国正在给发展中世界带来改变，并且未来还有更多潜力。中国在消除贫困方面也有着丰富经验，特别是过去 30 年里实现了 6.8 亿人口脱贫的任务。

另一方面，中国自身还是发展中国家，还有一亿多人口尚未脱贫，贫困人口总数全球排名第二，因此中国继续消除国内贫困的努力应当得到国际社会的理解。中国提供的援助资金是一种"南南合作"，与传统的西方援助既有相似也有不同。欧盟不能想当然地认为中国会遵循西方的援助模式，但是欧盟应当和中国在发展援助问题上展开有效合作，特别是在全球性和区域性的发展问题上，不断加强理解和寻找共识，欧盟和中国显然有许多"互补"合作的可能性。

◎问：在您去过的所有欠发达国家中，您印象最深的是什么？

◎答：最触动我的是在吉布提见到的那些营养不良的儿童，他们看起来那么小、那么安静。我自己也有孩子，印象里我自己的孩子非常活跃和吵闹，而在那里我见到那么多安静的孩子，他们都营养不良，这让我觉得羞愧。孩子是没有过错的，成年人应当去帮助他们。

环境——监督协调　柔性规范

"欧洲的循环经济之路还很漫长，坦白说我们别无选择。"

——欧盟环境委员波托奇尼克

上世纪 70 年代以来，欧盟各国既需要防止环境恶化并追求可持续发展，也需要防止共同市场内部不同环境标准可能引发的贸易壁垒和不正当竞争。环境政策逐渐进入欧盟议程并不断扩容，触角伸至水污染、空气污染、噪声污染、化学品污染、废弃物管理、生物多样性、环境灾害预防治理等诸多领域。

欧盟机构和成员国政府共同享有在环境领域的权力，欧盟负责立法、监督和协调，成员国负责将欧盟立法转化为国内环境法规，并承担落实成本。因此欧盟环境政策重在指明大方向，通过比较柔性的指令规范，鼓励成员国发挥主观能动性，在经济社会的各个领域实现环境指标。

欧洲一直是环保先锋，在先进理念与技术上较为领先，欧盟环境政策也算是卓有成效。尽管经济债务危机导致环境的受关注度有所下滑，欧盟追求绿色增长的长远规划仍非常明确，也得到了成员国政府和民众的认可支持。

欧洲曾经以牺牲环境为代价而发展工业，如今污染治理不容忽视，资源密集型增长也难以持续，环境政策直接关系到欧洲能否继续保持其全球竞争力，实现从直线经济到循环经济的绿色过渡。环境还与能源、气候密切相关，广泛涉及欧洲的战略安全和经济外交利益，已经升级为欧盟核心政策之一。

* 欧盟委员会环境展览上，人体模型被塑料袋包裹。

环境政策概况

1957 年签署的《罗马条约》中并无任何环境条款。1967 年欧共体通过一项有关危险品分类、包装和标签的指令；1970 年通过有关机动车噪声声级和排气系统的指令。这些都是欧共体最早一批环境法规。严格来说，欧盟环境政策始于 1973 年通过的首个环境行动计划，截至目前欧盟已有七个环境行动计划。

1973 至 1976 年的首个环境行动计划提出了改善环境、提高生活质量和改善生存条件等目标，以及预警、污染者付费、一体化要求、防止及优先处理污染源等原则。其中，污染者付费原则决定了欧盟利用经济手段促使生产商从源头上减少污染，而一体化要求原则意味着环境政策融入到其他政策中，即农渔、工商、交通、能源等政策制定都需要考虑环境因素。

1997 年签署的《阿姆斯特丹条约》进一步明确提出欧盟环境政策的四大目标，即改善环境质量、保护人类健康、合理使用自然资源、促进区域或全球性环境举措等，此时欧盟已经开始注重环境政策的国际合作与影响。又逢 2002 年联合国环境发展大会将可持续发展称作最紧迫的挑战，欧盟第六个环境行动计划（2002 至 2012 年）也锁定可持续发展战略，并更加具有国际视野，将气候变化列为四个优先领域之一。

环境政策关系到欧洲经济和民众生活的方方面面，欧盟主张成员国循环使用和修复有限的资源，积极改变生产消费模式，以更少的投入获得更大的产出。以塑料袋回收利用为例，2012 年欧盟国家的塑料袋回收率仅有 24％，而欧盟希望实现 100％的塑料袋回收率，并提出应当减少对垃圾填埋和焚烧设施的投资，加大对垃圾回收设施建设的投资，建议除塑料袋明码标价外，可以考虑征收塑料袋填埋税，以及将塑料袋回收变成有利可图的小产业，当然具体落实办法还是由成员国自行决定。

归根结底，欧盟环境政策还是重在协调，依靠成员国将欧盟立法转化为可执行的具体指标，如有成员国违反或不作为，欧委会有权提起诉讼并要求成员国缴纳罚金。目前由欧委会环境司负责提出立法建议、监督成员国落实环境立法、调查处理民众和非政府机构的环境投诉，以及为环保项目提供财政支持。欧委会还特别鼓励环境类非政府组织出谋划策，并为这些组织的建立运营提供资金。

绿色出行案例

欧盟环境政策的主要特点都能在实现绿色出行的举措中得到体现,即需要融入其他社会经济政策和需要依靠成员国贯彻落实。在交通领域,环境政策与能源、气候政策相辅相成,特别是提高空气质量必然离不开节能减排,且很大程度上取决于各国各地的自主意愿。

一方面欧盟不断调整能源政策,强调使用节约能源和可再生能源,特别是鼓励新能源汽车的研发使用;另一方面许多欧盟成员国自主侧重公共交通发展,千方百计设置私家车出行障碍,以逐步改变民众出行习惯,打造绿色环保的城市环境。

布鲁塞尔街头的自行车租赁点

2011 年初,欧盟 2020 新能源战略提出将新能源投资翻倍,总额达到 700 亿欧元。欧委会随后发布的《2010 至 2020 年欧盟交通政策白皮书》提出加大使用新能源汽车,逐步淘汰使用汽车或柴油的传统汽车,并实现到 2050 年交通运输行业温室气体排放比 1990 年减少 60％的目标。

欧盟一半以上的能源需求依赖进口,能源消耗结构中交通运输行业比例最高,而交通运输行业中 80％的能源消耗来自汽车。此外,交通运输行业约占欧盟温室气体排放总量的 25％，欧盟希望到 2020 年所有新车的二氧化碳排放量能够从 2005 年的每公里 159 克下降到 95 克。

目前新能源汽车发展依旧处于起步阶段，需要攻克技术瓶颈和配套基础设施不足等障碍。此外，新能源汽车价格偏高，许多电动汽车仅适用于短途出行，大多数家庭不愿将现有的传统汽车更换为新能源汽车，因此电动车、混合动力车、氢能汽车等各种新能源汽车的市场占有率极低。短期来看，欧盟成员国政府更加注重控制汽车的绝对数量，市场和民众给予许多正面回应，环境政策的落实重任还是在各地政府和民众身上。

欧洲许多城市力推公共交通，例如布鲁塞尔的地铁、轨道、电车、公交、火车等四通八达，居住在安特卫普、布鲁日等周边城市的民众也可以每日乘坐火车和地铁上下班，遇到重大节日公共交通全城免费，每年还有一次禁止小汽车通行的"无车日"活动。另外，西欧许多城市街头都有固定的自行车停放点供行人自由租借与归还，自行车租赁的月卡或年卡费用相较于其他交通方式便宜很多。

还有一些城市采取"消极"手段变相"劝退"私家车，包括减少街道两边的停车位、限制新建购物中心与商务大楼的停车面积等。哥本哈根欧洲环境署的办公大楼大约有 170 个自行车停车位，却仅有 1 个汽车停车位，专供一名残疾人员工；苏黎世市政交通规划部门想方设法让私家车"知难而退"，例如进城路上红绿灯设置越来越密集、城市有轨电车列车长可以自由改变红绿灯、繁忙商区禁止私家车驶入、允许私家车驶入的地段限速极低等。

欧洲民众环保意识普遍偏高，这些举措也确有实效。瑞士议会 90％以上的议员都乘坐电车上下班，苏黎世的无车家庭比例正稳步上升，慕尼黑这样的传统汽车城市也逐渐转变为"步行者的天堂"，很多市民已经习惯了工作日借助有轨电车或自行车出行，节假日出城活动则依赖租车服务。可见环境政策既要有远见，也要有创意，还要民众的配合参与。

面对面·欧盟环境委员波托奇尼克

亚内兹·波托奇尼克,欧盟环境委员。生于 1958 年,来自斯洛文尼亚。2013 年 9 月联合国授予他"政策领袖奖",以肯定他在债务危机时坚持绿色增长和资源效率的理念。

电视专访欧盟环境委员波托奇尼克(王聪摄)

2013 年 10 月 28 日,波托奇尼克在欧盟委员会的演播室接受了我的电视专访,访谈原文如下:

◎问:过去四年成绩如何? 债务危机何以影响欧盟环境政策?

◎答:四年前上任时,我定下几大工作目标,分别是资源效率、多样化和改善现存法律的执行情况,目前都有明显进展。举例来看,去年我们专注于水资源保护,今年我们致力于提高欧洲的空气质量。

至于债务危机,当人们需要争抢工作岗位时,一些有利于环保的经济转型就面临更大的困难。但是另一方面,危机也是机遇,危机迫使我们思考许多问题,比如哪些需要改变、如何避免曾经犯过的错误。

◎问:难道说危机还为环境政策带来了发展机会? 比如危机能够推动环境政策融入经济政策的制定?

◎答：正是如此。过去我们讨论环境问题时，思考得比较狭窄。有一点很重要，就是将环境政策制定融入到其他领域的政策制定，比如经济政策、农渔业政策、交通政策、科研政策、贸易政策等。关键是尽可能避免环境破坏，而不是事后弥补，因为预防比治理的成本要低得多。事实上，恰恰是因为危机，欧盟许多领域的政策才相互融合以实现多个目标。

◎问：您在许多场合多次呼吁绿色增长和循环经济，什么是循环经济？欧洲正在朝着循环经济发展吗？

◎答：目前的经济模式是开发资源、生产产品、消费产品、丢弃产品的直线过程，这显然是不可持续的发展模式。所以需要将经济模式调整为开发、生产、消费、回收、二次生产、二次消费的循环模式，也就是循环经济。循环经济的最佳典范是大自然，大自然千百万年来不断调节和适应，而人类本就是大自然的一部分，应当向大自然学习。

目前欧洲许多政策都朝着循环经济的方向努力，也通过市场激励机制向生产者传递信息，比如政府采购项目注重生态化设计。但是欧洲的循环经济之路还很漫长，坦白说我们别无选择。

◎问：将来是否欧洲的所有产品都可以二次使用、不断修复、反复回收呢？

◎答：并非所有产品都可以反复回收，即使是最理想的情况下，也有 2% 至 5% 左右的产品残渣不得不进行垃圾填埋。目前欧洲约有 6个国家大量依赖于垃圾填埋，但是欧洲若能改良生态化设计，确保大多数产品都可以回收，将来就能基本实现零垃圾填埋。这也意味着，从生产开始就要转变观念，政策制定要能够唤起生产者、消费者和整个社会的环保意识。

欧洲是工业革命的起源地，长期依赖于资源密集型的发展模式，大量进口能源，而全球能源价格一再上涨。如此想来，欧洲必须实现能源的有效利用和反复回收，才能长久保持竞争力。

◎问：欧洲是否需要全球合作伙伴来共同实现绿色增长和循环经济？比方说中国？

◎答：当然，中国和欧洲各自肩负着重大责任，应当相互合作，共同寻求可持续发展道路。事实上，中国的生态文明概念和欧洲的资源效率概念、中国的十二五规划和欧洲的 2020 战略，都有许多相似之处，这也是我们能够展开合作的基础条件。

我刚刚访问过中国，发现中国对水资源、空气质量和垃圾治理等日益重视，而欧洲在这些环境问题上的立法和实施举措都有可取之处，这对欧洲企业来说意味着重要商机。

◎问：您认为欧洲和中国处于不同的发展阶段，这也同样能给双方带来机遇？

◎答：正是。一方面中国不断加大环境保护，另一方面欧洲还有经济危机缠身，双方能够互惠互利。

◎问：欧盟环境政策应当是其气候政策的保障。您认为欧洲是否依旧是全球的气候领袖？

◎答：毫无疑问。欧洲是唯一具备约束性立法和减排目标的地区，一直不断地提高能源利用率和可再生能源的比例，还在商讨 2030 年的减排目标。因为我们很清醒，这些都是实现低排放甚至是零排放社会的前提条件。我们希望能够与其他国家和地区做出共同的减排承诺，我们相信欧洲还会保持领袖地位，但气候问题需要全球合作伙伴共同来解决。

◎问：欧洲的环境能力和外界的期望之间，是否存在一定的差距？

◎答：欧洲和美国、日本等发达国家一样，必须做出实际行动，改变以往不可持续的经济模式。另一方面，中国、印度等新兴经济体也不能重蹈覆辙。我认为关键在于，我们需要联合起来共同应对。我也注意到，在许多有关环境的国际谈判中，中国都有积极参与，这也意味着欧洲有一个强大而值得信赖的伙伴。

◎问：作为欧盟环境委员，工作中最大的难点是什么？

◎答：许多环境问题都有政治敏感性，特别是一些成员国违反欧盟的环境立法。最难点在于转变心态和改变习惯，环境工作需要耐心和恒心，有时候需要"变通"，但总要记住前进的大方向，那就是可持续发展,因为除此以外别无他法,而越早醒悟,转变也就越容易。

◎问:您离任前的工作重点是什么?

◎答:我还有一年时间,一是出台空气质量计划,二是推动能源效率。核心思路是减少浪费、尽可能回收、减少焚弃、减少垃圾填埋,并将这一思路转化为可执行的具体指标,纳入欧盟更为长远的环境行动计划。

◎问:欧盟是否计划推出"限塑令"?

◎答:我们计划针对塑料袋的使用出台专门立法。塑料制品被丢弃后,制造出许多海洋垃圾,关键在于如何对其进行规划处理。有些成员国,比如爱尔兰,塑料袋收费的举措很有成效,塑料袋单次使用率已经下降了80%以上。还是成员国最清楚何种方式更有效,但欧盟希望成员国能够就此共同做出承诺。我认为塑料袋收费能够取得效果,很多时候人们只有自掏腰包时,才会更加注重环保,也可以考虑征收塑料制品填埋税,但最实质的做法还是回收利用。

◎问:您家中大概有多少塑料袋呢?

◎答:太多太多了。这个习惯很难改掉,许多商品总是经过一层又一层的塑料包装。但我始终还有这个意识,否则家里的塑料袋可能更多。我去超市购物,总是自备购物袋。

◎问:您是社交媒体达人吗? 您在 Twitter 和 Facebook 上都很活跃。

◎答:是的。社交媒体有能力改变世界,政治家应当去关心这些声音。社交媒体是新一代人讨论自己生活的主要平台,无论是政界还是商界,都难以忽视它们。我在 Twitter 上看到盖伊·麦克弗森教授的一句话,让我印象深刻。他说:"如果你认为经济比环境更重要,尝试一下在数钱的时候屏住呼吸。"

气候——时势英雄　孤独先锋

"华沙朝着巴黎迈出一步,是可以接受的结果,足以让世界继续向前。"

——欧盟气候委员赫泽高

欧洲的减排决心和绿色科技一直远近闻名。一方面,欧盟内部卓有成效的环境政策是其对外扮演全球气候领袖角色的根本保障;另一方面,欧盟的气候领袖地位又是内部环境政策不断改革发展的主要推动力。其气候政策的一大特征就是内外政策互相结合与促进。

欧盟应对气候变化既涉及绿色经济利益,也涉及能源安全利益。气候政策与环境、能源政策密切相关,特别是气候与能源,就像一枚硬币的正反面,无论翻到哪一面,仅仅是侧重有所不同,实现手段都依赖于减少能源消耗和发展清洁与可再生能源。

布鲁塞尔街头的 Smart,车型很小、节能环保。

气候外交一度是欧盟的强势领域,不过以 2009 年的哥本哈根气候大会为转折点,欧盟已经很难在今后的全球气候谈判中独占主导权。客观地说,欧盟此前轻而易举获得气候领袖地位,也是得益于特殊的外部环境,即美国的主动退出和新兴发展中国家的少言寡语。

顺势而为

上世纪 60 年代末,绿色思潮开始在欧美国家兴起。1972 年 6 月,联合国首届人类环境会议在斯德哥尔摩召开。会议上,由于苏联并不承认欧共体,苏联的代表甚至拒绝与欧共体的官员进行眼神交流。

直到 80 年代末,美国作为现代环境政策的发明者,一直是全球环境的领导者。冷战结束后,一方面欧洲内部环境政策颇有成就,另一方面美国似乎拱手相让,欧盟顺势抓住了机遇,一跃成为世界气候领袖。

1992 年,《联合国气候变化框架公约》成为国际社会应对气候变化的法律基础。欧盟在《公约》制定过程中发挥了关键作用,并在《公约》签署前首先公布了减排目标与计划,主动提出要比 1990 年减少 15％的碳排放量,由各成员国分担落实。

当时对欧盟来说,以 1990 年为基准线减排 15％并非难事,比如德国统一后关闭了一大批低效率的工厂,英国刚好从煤电过渡到天然气。相比之下,美国、日本等其他发达国家极不情愿做出类似的减排承诺。

1997 年,东京联合国气候大会谈成了具有法律约束力的《京都议定书》,首次为发达国家设立强制减排目标,即以 1990 年排放量为基准线,美国同意到2012 年减排 7％、日本减排 6％、欧洲减排 8％,但前提是至少有 55％的缔约国批准《京都议定书》,且这些缔约国至少达到全球排放量的 55％。

《京都议定书》直到 2005 年才开始生效。2001 年 3 月,新上任的美国总统布什宣布退出《京都议定书》,外界一片哗然。紧接着 6 月在哥德堡召开的欧盟峰会上,欧洲的领导人集体表示,即使美国退出《京都议定书》,欧盟也会继续履行减排承诺。不过,欧盟不得不把俄罗斯和日本拉上船,才能达到 55％全球排放量的前提,后来俄罗斯在 2004 年批准了《京都议定书》,其中部分原因是欧盟承诺支持俄罗斯加入世贸组织。

欧盟力保《京都议定书》,也因此正式确立其气候领袖地位。欧盟又在 2005年启动了欧洲碳排放交易机制,这也是欧盟从反对到支持通过市场价格减少排放的大逆转,同样有利于巩固其在气候领域的影响力。

时过境迁

然而,由于绝大多数欧盟成员国都高估了各自的排放量,碳交易市场启动后,碳排放价格一再大跌,欧盟的气候领袖地位也在渐走下坡路。

2007 年,欧盟领导人在春季峰会上达成协议,同意到 2020 年相比 1990 年的基准线减排 20％,同时实现欧盟内部的可再生能源比例达到 20％,并提出如果其他发达国家承诺减排 20％,欧盟愿意将减排承诺提升至 30％。不足之处在于,成员国内部并没有就如何完成以上指标达成统一意见。这时,美国依旧拒绝讨论减排目标和时间表,甚至继续怀疑人类气候变化的科学依据。

2009 年底的哥本哈根气候大会被当时的欧盟轮值主席国瑞典形容为一场灾难;德国总理默克尔也勉为其难地评价说,这是朝着全球气候框架迈出的一小步。最终通过的《哥本哈根协议》并没有法律约束力,在关键问题上没有达成共识,欧盟 30％的"开价"也没有得到任何积极的回应。

一方面成员国内部存有分歧,哥本哈根大会又刚好赶上《里斯本条约》生效和欧委会结构重组,欧盟的谈判能力有所削弱;另一方面当时的焦点集中在美国和以中国为代表的发展中国家,欧盟有些被边缘化,当地一些媒体甚至将欧盟比作哥本哈根气候大会失败的最大受害者。

有观点认为,哥本哈根气候大会是欧盟领袖地位的转折和倒退。自《京都议定书》和首个碳排放交易机制后,欧盟确实难以独立掌控全局,特别是随着气候政策的深入推进,欧盟还需要加大能源、环境等与气候结合

比利时乡村的风力机

领域的重大改革,这都意味着漫长而艰难的内部谈判。更何况考虑到美国和中国的碳排放总量,欧盟也只能是全球气候新格局的贡献力量之一。

高处不胜寒

2013 年底,联合国环境规划署发布的报告显示,2020 年之前将平均气温上升控制在 2℃ 以内的目标仍有望实现,但实现难度正逐年加大。欧盟认为发达国家应当首先承担减排义务,并承担最多的减排义务,但其他国家也要紧随其后。对此其他发达国家极不情愿,发展中国家则要求发达国家提供技术和资金支持,欧盟并没有真正的气候盟友。

欧委会希望在 2015 年初实现成员国及冰岛全部批准通过有关第二承诺期的《京都议定书》修正案。多哈大会上仅有 38 个缔约方表示愿意承担第二承诺期的减排指标,而该修正案需要 192 个缔约方中的至少 144 个批准后才能生效,欧盟不得不继续发挥"模范"作用,以此激励其他缔约方。

《京都议定书》2008 至 2012 年第一承诺期的参与方相对较多,欧盟是其中的佼佼者,但美国和加拿大宣布退出,还有许多参与方没有完全履行减排承诺;第二承诺期目前也仅有欧盟各国、冰岛、挪威、瑞士等缔约方宣布加入。

欧盟在 2013 年底就接近完成 2020 年 20% 的减排目标。然而,欧盟各国的碳排放量仅占全球碳排放总量的 10.5%,却成为坚持落实第二承诺期的极少数缔约方之一,对此欧盟感到非常"孤单"。

作为全球最大的政府发展援助提供方,欧盟及其成员国还在 2010 至 2012 年期间超额完成了提供给发展中国家的气候援助基金,总额达到 73.4 亿欧元。

国际气候领袖地位弱化的同时,欧洲又持续受到经济债务危机的困扰,但调查显示民众依旧支持欧盟的气候模范角色,并相信应对气候变化能够带来许多附加收益,特别是帮助欧洲实现更明智、更可持续的经济增长。

尽管欧盟内部有着"势单力薄"和"孤军奋战"的无奈感慨,在 2014 至 2020 年中长期预算中,与气候相关的欧盟预算竟占到总预算的 20%,几乎所有领域的政策制定都有气候的足迹。欧洲低碳转型的统筹化新思维已然非常明确。

面对面·欧盟气候委员赫泽高

康妮·赫泽高,欧盟委员会历史上首个负责气候行动事务的委员。生于1960 年,来自丹麦,曾任丹麦环境部长、气候能源部长,并于 2009 年担任哥本哈根联合国气候大会主席。从政前在丹麦国家报纸和广播公司多年从事新闻工作。2013 年 11 月 28 日,华沙气候大会闭幕一周后,赫泽高在欧盟委员会的演播室接受了我的电视采访,访谈原文如下:

◎问:您如何评价华沙大会的成果?

◎答:华沙大会基本上朝着巴黎大会迈出一步。有人质疑说,究竟达成了什么决定?有国家减排吗?答案是没有,因为根据之前在德班大会上达成的协议,截止期限是 2015 年的巴黎大会。因此华沙大会上最重要的是就时间表达成一致,特别是如何做和谁来做的问题,要求每个国家各自回去"做功课",每个国家都要对新协议做出贡献,这是我们在华沙大会上谈成的要点。

◎问:即使华沙大会算是完成任务,但许多人认为大会成果平平。

◎答:确实如此。大会报告若由欧洲单独来完成,成果必定会更加突出。但总体来说,华沙大会的结果是可以接受的,也足以让全球继续向前。当然,这需要各国赶紧"做功课",保证在巴黎大会之前拿出各自的方案,才能确定我们是否已经做出足够的努力。这也是华沙大会的新意所在。因为这不仅仅是从下而上的过程,各国自行决定如何操作,还是相互商讨交流各自的打算,才能明确将要做出的承诺能否将全球平均升温控制在 2℃以内。

◎问:许多发展中国家对大会成果表示失望。中国代表团团长谢振华说,几大关键问题的谈判均无实质进展,相当于"画了一个饼"。您如何看?

◎答:华沙谈判进展缓慢的一大原因是一些主要经济体的"倒退"行为。除非所有的主要排放国一起参与全球新协议,否则我们难以把气候变化控制在必要的范围内。只有尽快就这个问题达成一致,才能尽快取得实质性进展。

◎问：您之前从事记者工作多年。倘若你再次以记者身份来观察华沙大会，您会写出怎样的报道？

◎答：我也在想，作为记者在现场，由于看不到背后的许多努力，可能难以理解发生了什么。我的标题可能会是"大会在轨道上，但各方能否兑现承诺？"因为还有很多重大的问题没有解决，特别是各国能否做出贡献和做出多少贡献，这是今后两年我们的核心关注点。

◎问：对于2015年达成全球气候新协议，您抱有多大的信心？

◎答：目前的进展在于，越来越多的国家、企业、城市和地区认识到不作为的气候代价是极高的。菲律宾台风就是实例，这样的例子还有很多。越来越多的人意识到，这不再仅仅关乎气候变化，而是在21世纪找到一种更可持续的增长方式。

2015年的巴黎大会将充满挑战，但是目前在欧洲、美国和中国都有明显进展。各国决策层已经意识到，应对气候变化需要花费成本和努力，但也能带来收益，例如减少空气污染等。

◎问：发展中国家若要参与全球新协议，减排责任应当如何区分？

◎答：新协议中每个国家的责任并非是一样的。发达国家应当比发展中国家做出更多努力，特别是资金上的援助。最落后国家、非洲国家、脆弱的岛国都需要额外的支持，而这都是发达国家应当承担的责任。

历史排放责任也是个问题，但仅仅追究历史排放责任不能带来足够的气候行动。中国和美国分别是第一和第二大排放国，而欧洲的碳排放总量仅占全球10.5%，《京都议定书》第二承诺期中，欧盟几乎是孤苦伶仃地接受有法律约束力的减排目标，当然欧盟也接受这一事实。

但是对于适用于2020年以后的气候协议，需要主要排放国的参与。我认为减排的努力和野心各国可以有所不同，但是2020年以后各国的减排目标应该接受法律约束条件。

◎问：也就是说共同但有区别的责任？

◎答：正是。共同但有区别的责任要尊重各国的实力。比方说有些发展中国家需要资金支持，还有像中国这样的发展中国家未必需要资金支持。责任可以分为不同的级别，但要打破这样的区分，即发达国家要做出有法律约束力的承诺,而其他国家可以采取自愿减排的方式,这一道"防火墙"要打破,但是各国付出努力的程度应当适度区分。

◎问:欧盟一直是气候行动的先锋,但日本、加拿大、澳大利亚等一些发达国家有些"倒退"行为。欧盟对此是否感到很受挫?

◎答:是的,欧盟一直朝着自身的减排目标努力,如果其他发达国家也能够遵守承诺,自然是更好。日本核事故发生后,确实处境艰难,但我认为所有的发达国家都应当严肃对待气候变化。欧盟一直立场鲜明,但在《京都议定书》第二承诺期中,我们确实感到很孤单,希望更多国家加入进来。即使不加入,也应当继续向前减排,而不是"倒退"。

◎问:哥本哈根以来,欧盟的气候领袖地位是否遭遇越来越多的挑战?

◎答:欧洲民众一直非常支持欧盟的气候模范角色,当然最近几年受到经济危机的影响,民众有些失去耐心,特别是认为许多其他的排放国缺乏参与。我们不能"自欺欺人",应对气候变化能带来很多附加收益,同时若要实现更明智的增长战略,转变过程中必然要有成本投入。欧洲民众发现其他国家行动较少时,也会左右观望并表达疑惑。

但是在气候模范问题上,民意支持很稳固。我们希望保持气候模范地位,我们认为这能帮助未来的经济朝着更有效率和可再生的方向迈进。当然我们也想看到其他国家的积极参与。我发现,中国已经做出了许多很实际的气候努力,这非常振奋人心,在全球气候谈判过程中,这应当引起其他国家的注意。

◎问:说到气候模范,欧盟建立了世界上首个碳排放交易体系,但似乎进展不顺?欧盟计划暂时冻结9亿吨二氧化碳排放配额,这也只能给市场带来短暂利好。您对于改善碳排放交易体系有何打算?

◎答:冻结计划很快就由欧洲议会通过,今后我们还将关注一些结构性的问题。碳排放交易体系的设立初衷是减少排放,但是由于二氧化碳市场价格过低,并没有刺激推动相关产业朝着清洁低碳能源过渡。所以我们需要审视结构性的问题,接下来还会有新提议。欧盟很高兴看到中国已经开始了碳交易实验,尝试对污染和排放进行定价,我认为这是向前看的举动,中国正朝着低成本和低碳的方向努力。

◎问：根据《中欧 2020 战略合作规划》，双方将加大气候领域的合作，欧盟也承诺帮助中国建立起碳排放交易市场。您能否透露更多？

◎答：过去一两年欧盟一直与中国保持沟通，双方的专家工作组都有交流。我们已经开始通过欧盟自身的经验，告诉中国该做和不该做什么。今年 11 月上海的碳交易实验就要启动，中国也计划先试点再决定是否全国推广。碳交易市场是中欧合作较好的一个领域，我们的合作还将继续保持。

◎问：欧盟一直是气候资金的主要提供方，今后打算如何继续提高气候资金的效率并实现双赢？

◎答：欧盟还将继续支持气候应对、缓和与森林努力。还有一点是，欧盟需要考虑如何利用官方气候资金吸引更多的私人投资。比方说在非洲或者其他不发达国家，投资者可能认为投资风险过高，欧盟就可以利用官方资金帮助降低投资风险，确保投资者愿意帮助这些国家引进低碳技术、建立气候适应工程等。我们需要官方资金，也需要吸引跨国金融机构和私人投资者加大投入。

我们不应该再孤立地看待气候、发展和能源问题，而是要以更加融会贯通的思路考虑问题。比方说，和一个国家的财政部长或者经济部长讨论如何刺激增长时，也可以同时考虑气候问题。

◎问：根据欧盟 2014 至 2020 年的中长期预算方案，20％的预算将和气候有关，请问欧盟为何将气候行动贯穿整个预算？

◎答：正如我刚刚所说，不能孤立地看待气候或者环境问题，气候必须融入其他行业的政策制定，这也是新预算方案中的全新思维。各领域的气候预算达到总预算的 20％，以此推动低碳转型，这也是在打造一种统筹化的预算新结构。我们不应该在建立、扩张和发展之后才意识到气候问题已被忽略，而是应当从一开始制定计划就充分考虑到气候后果。

◎问：您的意思是，欧盟计划在所有领域的政策制定中都留下气候的足迹？比方说发展、环境和能源。

◎答：正是。发展、环境、能源、农业等领域，都是相互关联的。

◎问：2020 年以前，中国和美国没有具备法律约束力的减排指标，但两国一直都有积极的气候行动,甚至是联合行动,对此欧盟是否看好?

◎答:这确实很鼓舞人心。仅有自上而下的国际气候协议还远远不够,当然仅有各国的自愿努力也同样不够,两者需要相加,形成某一种混合型模式;既有国际规范提出明确目标,也有各国的切实减排行动。

◎问:所以您同意减排努力最终还要有国内发展需求的推动?

◎答:所有国家的任何行动都希望促进本国发展,但气候问题有一点需要明确:倘若各国出于本国利益作出的减排努力加在一起也不足以将全球平均升温控制在 2 ℃以下,这时候就需要商议合计。倘若中国、欧洲和世界其他地方各自忙着减排,但减排差距依旧存在,这就需要通过对话来弥合差距。欧洲不能将减排指标强加给任何其他国家,但是欧洲认为各方应当做出严肃承诺。科学证明表明,一旦全球平均升温超过 2 ℃,后果将不堪设想。

◎问:欧盟是否计划推出一项新立法,制定能源和环境的量化指标? 这将如何促使欧盟最终实现到 2050 年减排 80％的目标?

◎答:我们目前正在筹划的就是 2030 年的减排指标,考虑如何平稳地实现 2050 年减排 80％的目标,我们不能没有作为地等着 2050 年的到来。我们几乎每天都在开动脑筋,通过政府和议会,制定出各种和气候有关的新立法。欧洲也一直在探讨 2020 年目标之外的其他打算,考虑如何超越 20％的减排目标。

◎问:无论国际气候谈判进展如何,您对 2030 年减排目标的乐观估计是多少?

◎答:很难说我们不考虑国际气候谈判的进展,毕竟欧洲的民众和政策制定者也会关心其他国家做得如何。但我相信,欧洲的政府和议会已经意识到减少能源依赖和提高能源效率的出发点不仅是气候,也是一种很好的经济模式,特别是在全球资源日渐短缺的今天,人们还期待着更多增长,我们必须追求更明智的经济模式。还有一点让我感到鼓舞的是,最近几年世界银行、国际货币基金组织、经合组织等全球主要经济机构都已经明确表示,唯有理解气候变化带来的影响并正确应对,才能实现世界所需要的增长与发展。

华沙——风波四起　成果平平

2013 年 11 月 11 日至 22 日，《联合国气候变化框架公约》第十九次缔约方会议暨《京都议定书》第九次缔约方会议在波兰首都华沙举行。一如预期，华沙基本实现了为 2015 年巴黎大会奠定基础的原定目标，但实质成果非常有限。

一般认为，气候大会第一周属于低级别技术谈判阶段，毕竟各国首席谈判官要等到第二周的高级别政治谈判才会露面。作为前去支援的英文记者，我并未想到第一周除吃饭、睡觉外，就是听会、写稿，因为大会从一开始就风波不断，也可以说是好戏连台，这应当是我驻欧三年里最过瘾的一次会议采访。

仅以当时采写的两篇文稿和一篇提问手记为例，希望通过新闻采集结果与过程的对照，还原会议期间瞬息万变的焦点，重温新闻现场的热度。

发达国家应继续承担历史排放责任——苏伟答外国记者问

华沙气候大会行程近半。14 日下午，中国代表团副团长、国家发改委气候司司长苏伟召开了针对外国记者的新闻发布会，强调全球气候新协议应考虑温室气体排放的历史积累，发达国家应继续承担其历史排放责任。

苏伟在开场发言时说，目前大会进展顺利，中国对本次大会颇有期待，特别是希望发达国家做出的气候资金承诺得到有效落实，以帮助发展中国家更好、更快地应对气候变化。

苏伟还表示，中国希望携手世界各国，最终实现将大气中的温室气体含量稳定在一定水平，并在这一过程中让生态系统适应气候变化，确保粮食生产不受威胁，实现经济可持续发展。

目前中国的减排目标是到 2020 年将单位国内生产总值碳排放量相比 2005 年降低 40％至 45％，并将非化石能源占一次性能源消费比重提高到 15％左右。

针对彭博社、路透社和德国、日本等多家外媒的提问，苏伟逐一阐述中方立场。会后一名提问的外国记者评价说："苏伟的回答很有力量，令人印象深刻。"

苏伟答外国记者问

• 资金落实

有记者问，中国对于发达国家资金落实具体有何期待。苏伟说，中国希望谈成有关资金落实的详细条款，特别是绿色气候基金的启动资金和今后几年资金来源的落实情况尚不明朗。2013年已近年终，资金落实问题非常必要和紧急。

根据之前的决议，发达国家应在2010至2012年出资300亿美元作为绿色气候基金的快速启动资金，并在2013至2020年间每年出资1000亿美元帮助发展中国家积极应对气候变化，但目前许多资金尚未真正到位。苏伟说，资金能否落实将是本次大会的最重要议题之一，资金落实也有利于全球气候新协议的谈判进展。

• 历史责任

有记者问，巴西提出希望联合国政府间气候变化专门委员会制定计算历史碳排放的科学方法，中国作何表态。苏伟说，中国支持巴西的提议，历史碳排放应当是制定2020年后全球气候新协议的重要考虑因素之一。

苏伟强调，当前气候变化主要与过去两百年来的历史排放积累有关，而大部分历史排放积累来自发达国家，因为温室气体非常"长寿"，有些甚至可以超过两百年。

苏伟还提到,欧盟到 2020 年的减排目标是 20％,但欧盟环境机构监测显示到去年底已经完成 18％的减排目标,预计欧盟将超额完成,可见这并非是雄心勃勃的目标,而是毫无雄心的目标。

• 日本"倒退"

据悉,日本将于周五宣布到 2020 年减排目标相较于 2005 年下降 3.8％,这意味着相较于 1990 年实际增加 3.1％。苏伟表示:"我对此难以用语言表达我的失望。"

苏伟说,这不仅是日本对《京都议定书》做出的"倒退"行为,也是日本对《联合国气候变化框架公约》做出的"倒退"行为。

日本曾是《京都议定书》第一承诺期的参与方,但拒绝加入从 2013 年至 2020 年的第二承诺期。苏伟说,即便日本不再加入第二承诺期,还是应当履行在第一承诺期所做出的承诺并继续完成减排目标。

• 中国国情

有记者问,中国是排放大国,菲律宾台风是否有可能和中国的排放有关。对此,苏伟详尽回复说,中国排放总量大但人均小,中国排放现量多但历史排放少,两者均远远低于绝大多数发达国家。

苏伟还说,中国人均国内生产总值略高于 6 000 美元,在城镇化和工业化发展过程中排放总量还将适当增长,但中国正通过转变经济发展方式和加强生态文明建设,加快实现可持续发展,并努力减缓排放的增长幅度。

还有记者问,中国会否在 2025 年达到排放顶峰。苏伟说,尚无准确时间节点,但中国希望尽早到达排放顶峰,此后不断减少排放总量。

华沙第一周：风波不断　前景不明

过去五天来，各国与会代表已就全球气候新协议、发达国家气候资金落实和损失损害机制的建立等三大议题交换意见，但尚无明确进展。

一方面，华沙大会实属全球气候谈判的"小年"，各方均不期待突破性进展，仅视其为承前启后的"过渡性"大会；另一方面，大会第一周风波不断，从菲律宾台风，到主办国"煤炭门"，再到日本减排目标"倒退"，代表们有些无所适从。

目前搭建全球气候新协议框架的前景难料，有关落实发达国家气候资金的深入谈判将极为艰难，但是因为受到菲律宾台风警示，各方可能在有关损失损害机制的议题上有所突破。

●"尴尬"周五

《联合国气候变化框架公约》秘书处执行秘书菲格雷斯在新闻发布会上说，每年气候大会第一个周五都比较"尴尬"，因为谈判"有些进展"，又无"具体进展"，至多可以说一切都在进行中。

据菲格雷斯透露，与会各方针对全球气候新协议的讨论已经较为深入，但涉及减缓、适应、资金和技术等四大支柱的具体内容尚无草案"浮出水面"，尽管各方态度积极，前景依旧不够明朗。

发展中国家一直强调，2015年将要签署的"全球气候新协议"应当将温室气体排放的历史积累作为重要考虑因素之一，确保发达国家继续承担其历史排放责任，继续坚持"共同但有区别责任"的原则。

菲格雷斯还说，针对发达国家的气候资金落实问题，目前谈判桌上存在许多不同版本，她也希望下周能够就落实细节达成共识。至于损失损害机制，工作组正在草拟一份能够体现各方立场的文案，供下周部长讨论时参考。

根据之前的决议，发达国家应在2010至2012年出资300亿美元作为绿色气候基金的快速启动资金，并在2013至2020年间每年出资1 000亿美元帮助发展中国家积极应对气候变化，目前许多资金尚未真正到位。

发展中国家不断强调，发达国家应当尽快落实气候资金，落实承诺也是本届大会的重要主题和衡量大会成功与否的核心标准，发达国家的资金落实也有利于全球气候新协议的谈判进展。

损失损害机制同样涉及资金落实问题,同样需要发达国家继续承担其历史排放责任,特别是尽快帮助受到气候变暖不利影响的发展中国家。

• 菲律宾台风警示

大会召开前夕,菲律宾中部遭到超强台风袭击。面对极端天气造成的大规模死伤,与会各方表达出强烈的关注和认同,特别是开幕当天菲律宾代表团一名代表在发言时痛哭流涕,并提出在会议期间自愿"绝食",在会场内外引起极大的震动。

波兰及许多国际组织从周五开始在会场内为菲律宾组织捐款。波兰已经筹集到 50 多万兹罗提(波兰当地货币,约 98 万人民币),筹集目标为 500 万兹罗提。

超强台风使得各方更加清醒地意识到全球应对气候变化、减少极端天气灾害的必要性和紧迫性。正如菲格雷斯在开幕式上所说,气候问题上并不存在对立面,全人类一起全盘皆输或者全盘皆赢。

事实上,联合国环境规划署本月初发布的年度排放差距报告指出,如果各国不采取进一步减排行动,全球变暖对环境造成不可逆转破坏的风险将显著增长。许多发展中国家认为,排放差距很大程度上是因为发达国家的不作为。

• "煤炭门"发酵

时隔五年,联合国气候大会再次回到煤炭大国波兰。作为欧洲最大的煤炭消费国之一,波兰的电力行业对煤炭依赖度高达 90%。相较于许多欧洲国家来说,波兰一直缺乏低碳减排的决心和行动。

尽管波兰已经开始逐步推进能源多样化和开发可再生能源,但短期内还将继续保持较高的二氧化碳排放量。波兰政府宣布在下周一举办一场高级别的煤炭行业大会,国际环保组织因此怀疑波兰主办气候大会是否"别有居心"。当地媒体报道称菲格雷斯也将出席煤炭峰会并作主旨发言,这一传闻让许多国际环保组织直言"不可接受"。

大会第一周,国际环保组织的谴责声不绝于耳,但波兰政府似乎充耳不闻。大会第二天,波兰就是当日"化石奖"得主。这个颇具讽刺意味的奖项由环保组织联合评选,专门针对阻碍全球气候谈判进程的国家。

周五的新闻发布会上,记者向本届大会主席、波兰环境部长科罗莱茨询问"获奖感言"时,他竟自嘲道:"我都不记得波兰获得过多少个'化石奖'了。"

波兰政府还邀请一些高污染企业赞助本届气候大会,并通过手机应用程序向与会代表宣传"气候变化是自然现象"。一些环保组织甚至认为,波兰政府扮演着煤炭行业的"公关"角色,正在利用气候大会主办国的权力来推进本国的煤炭议程,事实上这样的担忧从开幕起就给大会蒙上了一层"煤灰"。

• 日本减排"倒退"

"煤炭门"尚未平息,日本政府从减排到增排的"倒退"行为又受到极大的关注。周五下午,日本代表团举行了新闻发布会,试图向各国媒体解释日本最新减排目标背后的"苦衷"。

日本政府已经决定到 2020 年实现二氧化碳排放量比 2005 年下降 3.8％,相当于比 1990 年上升 3.1％,而此前日本承诺到 2020 年比 1990 年下降 25％。

代表团称,这一目标是基于福岛核事故发生后日本丧失核能的现实,经济复苏后日本也可能再次调整目标,并表示日本愿意继续履行发达国家到 2050 年减排 80％的既定目标。代表团还试图以另一份"气候战略"文件转移在场记者的注意力,强调日本特别重视低碳科技创新和应用。

2009 年福岛核事故发生前,日本四分之一的电力都依靠核能,如今国内核电站相继关闭,日本被迫启动火力发电站,温室气体排放量因此明显增加。但一些气候智库认为,即使日本不能继续依赖核能,依旧有能力实现到 2020 年相比2005 年排放下降 17％左右的目标。

2009 年日本宣布 25％的减排目标时,一度赢得国际赞誉。1997 年,迄今为止唯一对发达国家减排具有法律约束力的《京都议定书》恰恰在日本京都气候大会上达成。如今日本却要弃之不顾,引发国际社会的强烈不满,菲格雷斯也在发布会上对此表示遗憾。

欧盟代表团周五发表声明称,欧盟及其 28 个成员国对于日本大幅下调减排目标感到失望,希望日本考虑最新目标带来的影响,特别是日本对于全球减排行动的贡献,并表示在即将举行的欧日峰会上继续探讨此事。

涵盖 850 个环保非政府机构的"全球气候行动网络组织"负责人沃尔·哈麦丹说:"日本的最新目标太离谱了,相当于朝着那些受到全球变暖不利影响的国家扇了一耳光。"

大会提问手记

联合国气候大会周期较长,各家媒体第一周的报道通常以铺垫式、程序化的短平快消息为主。华沙大会第一周如此热闹,其实正合我意,否则满身的力气该使到哪里去呢?每天的发布会上我都根据手中的选题向谈判官们"发难",后来台上的工作人员一看见我举起手,就忍不住面露难色。

会场设有两个新闻发布厅,1 号厅的发布会主要由官方与会组织召开,例如联合国气候官员、本届大会主席、欧盟代表团、美国代表团等,定期向记者透露谈判进展并接受提问;2 号厅的发布会主要由会议观察组织召开,包括世界各地环保组织和环保组织联盟,以发布学术报告、提出倡议或抗议、评价会议进展为目的,但受到的关注相对有限。

若想掌握谈判的最新进展,就要参加 1 号厅的所有发布会,但谈判官们的开场白往往是不痛不痒的外交辞令,记者提问环节可以说是可能获得有价值信息的唯一机会。以大会第五天为例,共有联合国与主席国、欧盟代表团和日本代表团等三场发布会,日本的减排"倒退"计划是当天最大的焦点,但要从他们口中挤出几句像样的引语,以完整展现各方观点和事件的戏剧交锋,却没那么容易。

《联合国气候变化框架公约》秘书处执行秘书菲格雷斯和大会主席科罗莱茨的联合发布会上,两位官员的开场并无多少实质内容,记者们很快就问到他们对日本最新减排目标作何评价。

菲格雷斯(左)和科罗莱茨(中)举行联合发布会

菲格雷斯显然有些为难,她首先说对此感到"遗憾"。这在当时是非常主流的声音。但紧接着,她又补充道:"日本作为非常发达的经济体,在能源效率和太阳能投资方面做出了很多努力,相信最新调整的减排目标是非常保守的。"

科罗莱茨则说,大会的意义不在于羞辱或赞扬某个国家做出的选择,他还是希望在团结一致的精神下,最终实现到2015年谈成全球新协议。

这些话在稿件里太过平淡,我举手问:"请问如何看待日本获颁'化石奖'?"

菲格雷斯回答得比较巧妙:"'化石奖'对于锁定每天的焦点确有益处,但我也希望环保组织除颁发'化石奖'外,每天也有一个正面的奖项,表彰当天有突出贡献的国家,比方说可以起名叫'光芒奖'。"

科罗莱茨以大会主席身份不宜点评为由,继续兜圈子而不正面回答,仅仅说:"'化石奖'不利于团结一致。"

我再次举手追问科罗莱茨:如果大会主席身份不宜点评其他国家,那么作为波兰环境部长,如何看待波兰多次获颁"化石奖"?

在场的记者听到这个问题,都笑出声来。他也尴尬一笑,回答说:"我都数不清波兰拿过多少个'化石奖'了。"

欧盟代表团的发布会中规中矩,谈判官直接以书面形式谨慎地表达了对日本的失望和不满。接下来日本代表团的发布会上,在场记者明显多于前几场和前几日,全场也有许多内容值得仔细揣摩。

谈判官南弘在发布简短声明后一连点了几个西方面孔的记者。我早有心理准备,进场就坐在第一排正中央,从提问开始就一直举手,等到几乎无人再举手时,我的右手就格外扎眼,南弘终于说:"请前排这位女士提问。"

我的第一个问题是,日本为何选在气候大会如此敏感的时候宣布新的减排目标?难道没有预计到各国的集体失落吗?

他清了清嗓子说:"发布的时机确实敏感。事实上日本从今年一月份就开始酝酿调整减排目标,过去十个月一直在计划此事。政府内阁一直在考虑何时才是对外宣布的最佳时机,并认为每一种选择都有它的好处。经过长时间讨论后,日本政府才决定在气候大会召开期间宣布。"

南弘的这段话倒是"直言不讳",可见日本对此事早有深思熟虑,也预想到了各国可能出现的强烈反应,但认为气候大会的时机可以服务于日本国家利益。

我又接着问:"中国代表团副团长苏伟说,他对此无法用语言表达他的失望。请问您作何感想?是否想要澄清呢?"

此前苏伟在答外国记者问时作出这一评论,我在现场抢发了简短的英文消息,很快被美联社、《华盛顿邮报》、《金融时报》等主流外媒转载。无论南弘做出怎样的回答,都是对这一热门消息的跟进和补充。

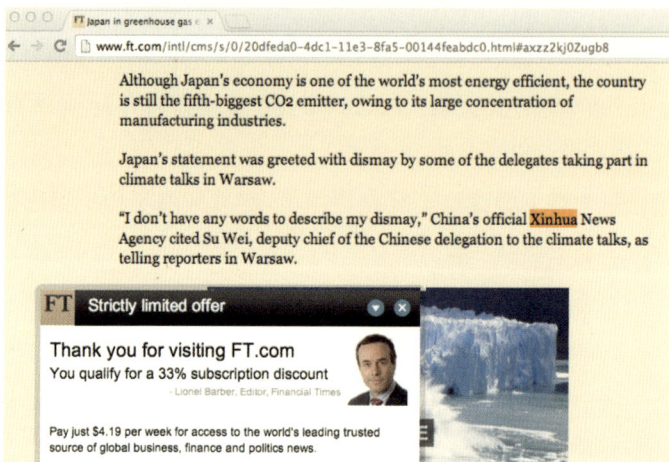

Although Japan's economy is one of the world's most energy efficient, the country is still the fifth-biggest CO2 emitter, owing to its large concentration of manufacturing industries.

Japan's statement was greeted with dismay by some of the delegates taking part in climate talks in Warsaw.

"I don't have any words to describe my dismay," China's official Xinhua News Agency cited Su Wei, deputy chief of the Chinese delegation to the climate talks, as telling reporters in Warsaw.

Strictly limited offer

Thank you for visiting FT.com
You qualify for a 33% subscription discount
- Lionel Barber, Editor, Financial Times

Pay just $4.19 per week for access to the world's leading trusted source of global business, finance and politics news.

《金融时报》援引我在现场抢发的英文消息。苏伟的这一句"我对此难以用语言表达我的失望"被国际主流媒体广泛采用。

这一次南弘极为简短地说:"我不打算对中国代表团的评论发表任何意见。"

大会第四天下午,我还在餐厅门外碰巧遇见菲律宾代表团团长萨诺,我们之间朋友式的谈话也很有意思。大会第一天萨诺发言时声泪俱下,并表示自愿"绝食"直到会议取得进展,现场代表起立鼓掌。萨诺后来告诉我,他是在发言时突然有了自愿"绝食"的念头,自 2000 年参与气候谈判以来,一年比一年灰心。

据他说,他每天除了喝水,只在晚上用热水煮些蔬菜,不放油不放盐,出门都带一个热水瓶,捂在腰间保护肝脏,坚持了几天,精神还算饱满。

我也认识了从美国加州赶来报道气候大会的大卫·辛普森夫妇。日本发布会结束后,他们过来和我打招呼,我才知道这对年过半百的同行夫妇为加利福尼亚的一份乡村环保杂志工作,同时经营一家以环境和气候为主题的剧院。

我们交谈甚欢,离开华沙前他们留给我一张明信片大小的名片,印有二人的姓名和邮箱电话,并再三嘱咐我去加州的时候一定联系他们。

布鲁塞尔大广场上的"鲜花地毯节"每两年举办一次。几个小时内，近百名花匠志愿者用70万朵秋海棠、大丽花及树皮等材料，铺就一块1 800平方米的巨型花毯。

在7 000朵剪花的装扮下，布鲁塞尔市政厅内的婚姻登记厅显得庄重而柔和。

2013 年荷兰花车游行，这一届的主题是"好胃口"。

在荷兰库肯霍夫花园外，有许多漫无边际的花田。

荷兰库肯霍夫花园里的郁金香

▲比利时图尔奈街头
的新婚恋人
◀比利时布鲁塞尔五
十年宫里的新婚
恋人
▼德国斯图加特动植
物园里的婚礼

▲英国阿什福德的
　船夫
▶比利时那慕尔的玩
　偶商贩
▼比利时布鲁塞尔大
　广场上的街头艺人

▲德国特里堡瀑布园
　区的小松鼠
◀法国斯特拉斯堡的
　桥洞
▼盛夏凌晨三点，冰
　岛的天边

法国圣心教堂

比利时布鲁塞尔的郊外秋色

意大利水城威尼斯

Part II

人文欧洲

瑞士皮拉图斯山上，世界最陡峭的齿轨登山列车。

读　书

森林里的小书村

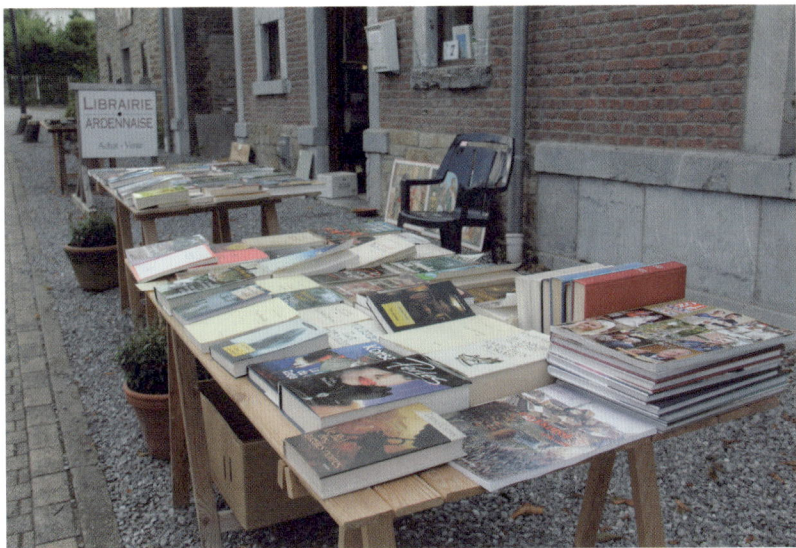

　　夏天的早晨，我来到了比利时阿登森林里的雷都（Redu）村庄。一片寂静中，只听得见鸟叫蝉鸣，闻得到花草香和旧书味。

　　这个不足 500 人的小村庄已有 1 100 年的历史，原本名不见经传，如今作为欧洲大陆的第一个书村，已有 20 多家书店，每年吸引着 20 万游客。

　　上世纪 50 年代以前，当地村民一直过着农林业自给自足的生活，但随着农业机械化的发展，农村劳动力过剩，雷都一度经济萧条，了无生气。

　　后来，当地的古文物收藏家安斯洛特受到英国海怡书镇的启发，将废弃的马厩和谷仓改造成书店，并在 1984 年的复活节周末举办了盛大的仪式，一万余名游客和书商闻声而来。书村由此诞生，雷都得以"满血复活"，也一并鼓励了周边国家陆续发展图书小镇。

在这一年一度的"书香夜"，书店和餐馆一直营业到凌晨，小书村也迎来一年中最热闹的节日。从中午开始，游人渐多，一些村民在路边摆起了蛋糕铺、奶酪铺和烤肠铺。树荫下凉风习习，书店里有不少书虫不时歪着脑袋琢磨书名。

比利时有法语、荷兰语和德语三种官方语言，和周边的法国、卢森堡、荷兰、德国等地语言相通，而雷都在三小时车程内可以辐射到这些国家的数百万人口，当地书店的多语言、多文化特征也是这个小书村的魅力所在。

这里的法语书、荷语书种类繁多，历史、文学、科技、哲学、烹饪、漫画等一应俱全。比利时当地的软件工程师拉尔曼斯很快就找到了惦记已久的园艺书籍，还给6岁的儿子买了一本介绍推土机构造的图画书。

英语和德语的读者也可能有意外的惊喜。苏格兰的女律师卢德维琪15年前在这里淘到一本有关古巴危机的旧书，至今记忆犹新，这次故地重游又买了两本银器、瓷器的专业英文书。她兴奋地说："村庄这么小，却能找到这样的好书，简直不可思议，很多兴趣相投的人相聚在这里。"

有意思的是，村庄里的书店老板也有相似之处：其中一半左右是精神矍铄的退休老人；另一半是只有周末才营业的兼职老板，书店于他们而言，更多的是一种乡村休闲与爱好。

73岁的吉贝尔斯退休前是一名比利时空军飞行员，累计飞行时间超过4 000个小时，80年代中期开始在雷都经营书店，并很快定居下来，只因为"生活安静、空气新鲜"。

在他的书店里，还有一个82岁的书法老先生德贝斯，用优美的英文字体给游客制作姓名卡片，加盖冷杉树叶形状的彩色印章，每月在雷都工作一天，用老先生的话说，"干活就像在度假。"

　　小书村的生活其实多有不便,比如最近的银行和邮局在 10 公里以外的城市,最近的医生住在 8 公里以外的地方,而最近的消防车开到村里至少需要 30 分钟。但它贴近自然,远离城市的尘嚣,还有数不尽的精神食粮,让许多人乐在其中。

　　然而,在整个书村里,没有一家书店能够将经营作为全部经济来源,书店的主人都需要依赖养老金或者第二份职业,特别是近几年受到全球金融危机和欧洲债务危机的冲击,游客数量也明显下滑。

　　目前村里的所有书店都只收现金,因为银行刷卡系统收费不菲。在一家名为"疯狂城堡"的书店里,老板娘范道恩还在使用一台非常老旧而笨重的台式电脑。

　　从傍晚开始,灯火通明的小书村沉浸在从未间断的乐队演奏声中,每支乐队前都不乏哼唱伴舞的游客们。直到午夜的钟声敲响,绚烂的焰火洒向天空,人们才陆续离开。夜色里的雷都就好像一本悄然合上的书。

(2013 年 8 月 4 日写于雷都)

公共图书馆

在布鲁塞尔，公共图书馆是人们学习娱乐的重要场所。市区数十个图书馆大多传统古朴，音像视听、数字化网络等高新技术普及应用并不突出，但这不妨碍人们自得其乐。

法语区和荷语区是比利时最主要的大区，在当地被称作瓦隆区和弗拉芒区。布鲁塞尔的图书馆也大致分为法语区图书馆和荷语区图书馆，分别得到两个大区政府的资助，主要服务于各自社区的普通民众，也是当地培训、展览和交流等社区活动的主要场所之一。

除此以外，比利时皇家图书馆和布鲁塞尔当地高校的图书馆也对老百姓开放。它们在服务于大学生和研究学者的同时，也部分承担着公共图书馆的职能。

社区图书馆是当地公共图书馆的基本单位，分布在城市的各个角落，大多规模较小、藏书有限，专门针对各自社区的居民，几乎每日开放。一些图书馆内还设有儿童娱乐休闲设施，整体布置活泼而温馨，吸引家长带着孩子在这里消磨许多时光。

瓦隆区和弗拉芒区政府还会定期挑选一些社区图书馆，每年举办一些特色活动，吸引青少年更多地留在图书馆内学习娱乐，包括儿童读书俱乐部、诗歌大

赛等,这也是对语言学习和当地文化的推广。

在一所名为莱肯的荷兰语社区图书馆里,85%的读者都是青少年。今年有12人参加了儿童读书俱乐部活动,即每月看完一本指定的书籍,然后一起在馆内探讨书中的内容,完成10本书籍的阅读探讨后,集体前往安特卫普市参加一场全国性的青少年读书大狂欢。该馆参与组织的诗歌大赛也收到了100多份回复,其中60份来自青少年。

工作人员格林达告诉我,每年接待的读者超过33 000人次,馆内共有11名工作人员,运营成本主要来自布鲁塞尔市政府、弗拉芒区政府和企业个人捐赠。该馆还和周边学校保持合作,与其他图书馆相互交换书籍,报纸杂志不断更新。

皇家图书馆始建于1837年,目前电子设备完善,各项馆藏丰富,在收藏大量珍贵文献资料的同时,主要服务于人文科学领域的学生及研究人员。

根据比利时1966年通过的相关立法,在比利时出版的所有书籍杂志都必须向皇家图书馆提供备份,以此确保各种出版物的完整保存。

目前皇家图书馆藏书共计约600万册,日均新增书籍及报纸杂志大约为150份,其中95%左右的书籍来自比利时,5%左右为进口图书,主要以法语和荷兰语为主,也有部分英文及其他外文书籍。

该馆的收藏大致分为两类:一类是自1830年比利时建国以来的各种出版物;另一类是传统特藏文献资料,包括1501年以前的印刷书籍、中世纪以来与比利时有关的旧地图等,还有各种珍贵的手稿、钱币、金属等。

据馆内工作人员介绍,皇家图书馆面临的最大挑战是对图书馆功能的重新定位思考,传统书籍电子化、音像视听资料、网络媒体设备更新等都是亟待解决的难题。

在公共服务方面,皇家图书馆有一项在线阅读服务,可以为注册的互联网读者提供所有电子书籍的阅读权限。该馆每年还会举办一些展览,向公众展出馆内最珍贵的藏品,也会和当地的学校及文化机构合作组织各种参观和讲座活动。

校园图书馆中,当地名校布鲁塞尔自由大学法语校区的图书馆首屈一指。馆藏图书共计300万册,网络文献2万册,70%左右的读者是在校学生,30%左右是社会各界专业人士。

这个图书馆的年均预算大约是400万欧元,每年接待的读者约有150万人次，每年引进新书约有 1.5 万本，主要是人文科学领域的书籍。

副馆长佛朗索瓦告诉我，该馆的核心职能是服务于高校教学、高校研究和面向公众开放。图书馆可容纳 2 800 人左右，平均每 8 个学生共享一个图书馆座位，普及率高于欧洲大多数高校图书馆，但相比美国还有很大差距。

过去一年，图书馆针对馆内工作人员及在校学生组织的培训时长共计 3 000 小时，超过 4 000 名学生接受了有关如何在海量信息中各取所需的实用技能培训。馆内的各种小型学习中心也在筹建中，用于定期培训和在校学生的小组互动学习。

弗朗索瓦在馆内工作 20 余年。他认为，相对于社区图书馆知识普及和娱乐大众的功能，高校图书馆的专业性更强，综合功能有待创新性开发，特别是注重培养青年学生检索和处理信息的能力。

正如大学生科斯特告诉我的那样："在布鲁塞尔，无论大人孩子，总有一个自己喜欢的图书馆。"

（2012 年 4 月 2 日写于布鲁塞尔）

跳　市

跳蚤市场奇遇记

初秋的早晨,比利时农业小镇唐普卢(Temploux)方圆几公里内停满了车辆。这里的居民不足 2 000 人,却要迎接来自欧洲及其他国家的近 20 万游客。

唐普卢正在举办比利时规模最大的年度跳蚤市场,城中央的各条街道上约有 1 200 个旧货摊位。自 1978 年起,每年 8 月最后一个周末,数不清的旧货商贩和收藏爱好者在此相识相聚,摇滚乐队和午夜焰火也为他们营造最热烈的气氛。

相比那些每周末都举办的跳蚤市场,这里不仅各种收藏应有尽有,而且更加专业细致。从古玩字画到家居器皿,从图书唱片到玩偶模型,特别是蓝精灵、丁丁等比利时特色文化符号的收藏数不胜收。许多商贩"术业有专攻",不少顾客也深入研究而目标明确,因此在这年度集市上,市井气罕见,文艺范儿十足。

我最早迎面遇见的是一个带着满足感的笑脸。62 岁的乔安先生来自荷兰,他凌晨三点起床,五点半抵达唐普卢,自称是"早起的鸟儿",天还没亮,就搜罗到几十张心仪的老唱片。作为一名警察,他最得意的爱好是过去十年里收藏了7 000多张老唱片。

上午九时许,突然下起了倾盆大雨,忘带雨具的游人有些措手不及。在一家专营收藏家级别的玩具摊上,老板娘斯蒂文却告诉我说:"每年的天气都不给力,要么酷暑难耐,要么疾风劲雨,但那又怎么样呢?"

她前一天从比利时海滨城市奥斯坦德来到唐普卢,提前布置好摊位后,当晚伴着隔壁发电机的轰鸣声,睡在临时搭起的帐篷里,凌晨五点就开门营业。

闲聊时她突然想起,几年前因为睡眼惺忪,以低价错卖了一个机器人模型,损失200欧元,至今追悔莫及。她贴着我的耳朵说:"我丈夫一直耿耿于怀,直到最近,总算不再旧事重提了!"

斯蒂文来自英格兰,30多年前嫁到比利时,平日是一名护工。她喜欢收藏芭比娃娃和芭比服饰,而她丈夫专攻机器人模型,每逢周末就去各地的跳蚤市场"淘宝",经过一年的积累带到唐普卢集中展示。

我在木架上看到一个上世纪60年代的芭比,波波头、蓝眼线、红背心,手指和脚趾上透着殷红的指甲油;一旁芭比的男友肯尼身穿一身黑色礼服,只缺一枚蝶形领结。芭比的衣饰让人眼花缭乱,晚礼服、外套、帽子、手包、手套、高跟鞋、耳环、项链、小手帕等一应俱全,当然也价格不菲。斯蒂文说:"骨灰级的爱好者总是花很多钱给芭比买衣服,甚至超过给自己买衣服的预算。"

来自卢森堡的梅格一早抵达后,直奔斯蒂文的芭比摊位,这是她连续12年光顾唐普卢养成的习惯,首要任务是为自己的芭比收藏"查漏补缺"。除了芭比,她还收藏了5 000个火柴盒和1 700多个古董铁盒。她的工作是一名儿童保姆,但回到家就是阁楼上私人博物馆的女主人。

走到岔路口,瞥见一个精神抖擞的老爷爷,身前的展示板上挂着几千枚饰针,胸前、两肩和帽子上也别着五颜六色的饰针,俨然是个孩子气的"老顽童"。原来这位83岁的米勒先生来自法国里昂,从10岁开始收集饰针,已经收集了15万枚饰针,可能是法国最大的饰针收藏家。

　　米勒说,很多饰针都是"中国制造"。他从包里取出一枚别致的饰针,打开暗格可以看见迪斯尼创始人沃尔特先生的黑白头像。那是女儿他送的生日礼物,"再高的价钱我也舍不得卖。"

　　比利时虽是西欧小国,旧货交易由来已久,许多跳蚤市场也远近闻名。当地居民始终保持着怀旧而节俭的传统,儿童经常跟随父母买卖二手玩具,也养成了爱惜旧物的习惯,参加跳蚤市场是很多家庭的"第二职业"。外来游客可以一边"淘宝",一边了解当地人的文化习俗和性格喜好。

　　下午晚些时候,大雨停歇,商贩和游人更加活跃。我又遇见了年轻的本土商贩娜迪亚。她是一名行政秘书,来自附近小镇,平日和妈妈一起收集衣饰和香水,爸爸专注于花瓶和台灯,而哥哥最热衷漫画书。每到唐普卢最热闹的周末,一家人有四个摊位,在说笑声中做些买卖,其乐无穷。

　　娜迪亚大方地告诉我:"天气好一点,生意就好到爆。"离开前,她像其他所有摊主一样,习惯地挥挥手说:"这一天要愉快哟!"

(2013 年 8 月 25 日写于唐普卢)

细说西欧"跳市"

每到周日,西欧国家的大街小巷十分冷清,几乎所有商店餐馆都闭门歇业,除了以外来游客居多的著名景点,最热闹的地方当属在城镇各个角落的旧货古董集市,俗称"跳蚤市场"(flea market)。

有句老话说,一个人的废品是另一个人的宝藏。跳蚤市场上既有以此为生的专业商贩,也有偶尔加盟的百姓小摊。游人们在扑面而来的浓浓生活气息中,既能淘到年代久远的各种收藏,也能买些物美价廉的实用旧货,逛"跳市"就是一种老少皆宜、充满惊喜的独特休闲运动。

西欧跳蚤市场上最常见的收藏品包括金银铜瓷、玻璃水晶、留声机、老唱片、老相机、旧怀表、旧海报、旧铁盒、旧火柴盒、汽车模型、手工艺品等;二手物品更是不胜枚举,从家居玩具到服饰鞋帽,从锅碗瓢盆到铁锹拖把,几乎没有找不到的生活用品。

有关"跳蚤市场"的来源,早已众说纷纭。在欧洲有个广为人知的版本,即原文来自法语的"marche aus puces",直译为"跳蚤的市场"。据说这是因为在巴黎的一个旧货市场里,有许多烦人而吸血的小虫子寄生在旧家具上。权威牛津英文字典在 1922 年首次将"跳蚤市场"列为固定的英文单词。

"跳蚤市场"的说法在欧美国家非常流行,一些国家也有其他的称呼,比如在英国被叫做"汽车后备箱市场"(car boot sales),而在澳大利亚被称为"垃圾与宝贝市场"(trash and treasure market),这些都是性质类似的旧货古董集市。

西欧跳蚤市场主要分布在城镇主干道、社区街道、公园中央、大型户外停车场、旧厂房、旧体育馆等地,具体时间地点可以查询当地的便民网站。社区街道的小型跳蚤市场每周都会更换地点,全年在城市的主要社区循环举办,让每个社区的居民都有机会就近参加。

这里几乎所有的跳蚤市场都在周末举办。若按时间间隔分类,可分为"年跳"、"半年跳"和"周跳"。比利时还有个全欧洲唯一的"日跳",在布鲁塞尔城南的一个小广场,每天有 200 多家商贩从早晨 7 点营业到午饭时间,自 1919 年起全年不休。

西欧最著名的"年跳"在法国里昂、荷兰阿姆斯特丹和比利时唐普卢等地。每年九月第一个周末，里昂都会迎来欧洲最大的跳蚤市场，100公里的人行道上约有一万个摊位，吸引数百万游客。相传从中世纪的仆人们获准每年一次转让主人的废弃衣物开始，这里就是个买卖之地。

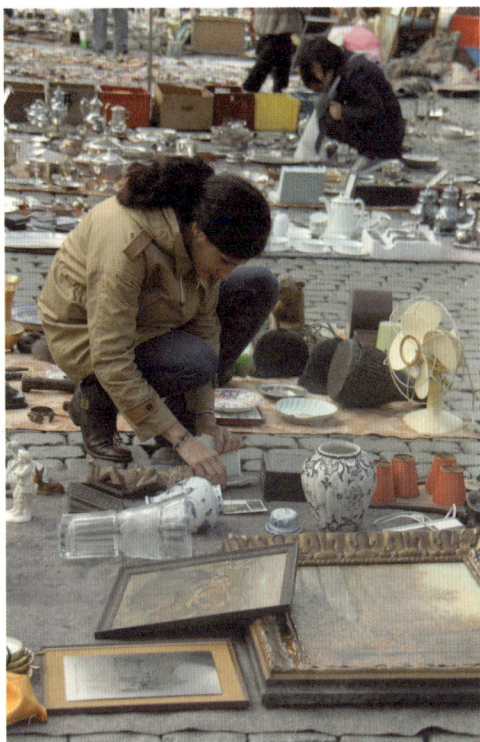

每年4月30日荷兰女王节则是荷兰全国的跳蚤市场日，政府允许所有市民不申请、不交税地直接摆摊。据说目前已经退位的荷兰女王也是跳蚤市场爱好者，1995年她还亲手淘到一台落地灯。女王宣布退位后，从2014年开始，国王节代替女王节，跳蚤市场日也跟随国王的生日作调整。

西欧国家对跳蚤市场都有一定的立法规范。以比利时为例，当地法律规定，各级政府都可以批准或组织跳蚤市场，任何18岁以上的公民都可以成为商贩，但必须保证所卖物品属于本人。市民需要向当地政府申请旧货处理卡，持卡人每年参加的跳蚤市场有一定次数限制，如果希望成为固定商贩，则需要申请长期营业卡，并按比例缴纳所得税。

许多跳蚤市场都由非盈利的社会组织举办，所有商贩按摊位面积交纳小额租金，租金所得又往往让当地居民受益。以唐普卢"年跳"为例，组织者按每平方米7欧元收取租金，全部收益都用于支持小镇的学校、体育馆等设施建设，因此每年都有四五百居民志愿帮忙，为商贩和游客提供各种便利。

如此看来，跳蚤市场经济适用而充满情调，也是西欧老百姓的一种生活态度。

（2013年8月25日写于布鲁塞尔）

王 室

比利时王宫

这里有当地孩童送给王室的数千幅画作，这里有来自亚洲的上百件传统金属乐器，这里有妙趣横生的科技互动设备，这里还有 140 万片泰国甲虫鞘翅装点而成的灯饰和拱顶。这里就是每年夏天向公众敞开大门的比利时王宫。

在城市的高地之上，这座几经重建和翻修的宫殿，外观恢弘古典，内部华丽细致。作为布鲁塞尔最美的建筑之一，王宫是王室的办公场所，并用于国事宴请和王室典礼。

然而，每到游人如织的夏天，当地青少年也迎来暑假，王宫就会对外免费开放一个月左右的时间，用浓厚的文化、艺术及科技元素，让许多人停下匆忙的脚步。

一脚踏进宫殿的门廊，除了比利时列位国王的雕塑，以及利奥波德一世和利奥波德二世的巨幅油画，仰起头可见空中悬挂着一排排稚嫩的水彩画，从中能够找到许多孩子的笑脸、漂亮的房子和黑黄红国旗颜色的王冠。

这是老国王阿尔贝二世和王后帕奥拉主动提出的"晒幸福"，将他们在位 20

年期间收到的孩子的祝福作品在王宫开放期间展出。不久前,这座宫殿迎来了比利时自1830年独立以来的第七位国王,在7月21日比利时国庆当天,阿尔贝二世正式退位,传位于现任国王菲利普。

王宫正对着用于议会办公的国家宫,这两座宫殿恰好印证了比利时的君主立宪政体。国王是这个国家团结和独立的象征,亲民而备受爱戴。王宫对外开放始于1969年,目前每年接待数十万人次。

穿过门廊,踏上白色大理石阶梯,正前方是一座密涅瓦女神的洁白雕塑。沿着绿色大理石的扶栏,首先进入前厅,左右两侧分别是科堡王子利奥波德和威尔士公主夏洛特的油画;接着走进帝王厅,就能看见11个金色的花盆,盆中盛着来自比利时各省份的泥土,正中央还有一幅1900年的波斯地毯。

走进会客厅,新国王登基当日的一张全家福大照片吸引了众人的目光,一旁还有六个人体模型展示着新国王菲利普、王后马蒂尔德和他们的四个孩子在这张照片里的衣服鞋帽。会客厅里摆放的王室座椅则是当年法国国王路易·菲利普送给女儿玛丽娅和女婿利奥波德的新婚礼物。

途经以"威尼斯"命名的阶梯,可见描绘着威尼斯圣马可广场、大运河和总督府的精致油画,依次穿过戈雅厅、科堡厅和柱厅,就来到了国王的正殿。在这个最为金碧辉煌的殿堂里,头顶有11个闪亮夺目的水晶灯饰,镶嵌地板上却摆放着大锣、平锣、木琴、铜鼓、铜钟等亚洲传统乐器,遍地的东方乐器几乎营造了一种穿越时空的错觉。

殿堂中央的屏幕上，皮影戏偶演绎着印度古代梵文叙事诗《罗摩衍那》的故事，耳边则传来加麦兰的奇特乐声。作为印度尼西亚的民族管弦乐器，加麦兰在爪哇、巴里等岛各有不同的风格，据说每一组加麦兰乐器只能由一个工匠打造。早在 1889 年巴黎世博会，法国印象派作曲大师德彪听到爪哇加麦兰音乐后，创作就受到了很深的影响。

最后来到远近闻名的镜厅，这里摆放着许多新奇的科技互动设备，人们可以创作一段音乐或者影片，还可以感受自己的心跳：将双手放在设备上，心跳就会以鼓声传出，设备中央的一颗红心还会随心跳闪烁。

更加吸引眼球的是，镜厅的灯饰和拱顶竟然是一件由 140 万片泰国甲虫鞘翅装点而成的奇特艺术品。2002 年本土艺术家扬·法布雷带领 30 个人的团队耗时 3 个月铺就而成后，取名"快乐天堂"。

事实上，这些甲虫鞘翅是纳米技术的成功作品。鞘翅

"快乐天堂"

的外表皮由一些非常细微的半透明层组成，而光线的折射率有高有低，天然的颜色因此得到加强或者弱化，甲虫鞘翅本色的颜色强度是颜料颜色的四倍。

孩童水彩画和亚洲传统乐器是今年王宫开放的新增展览，科技互动设备和"快乐天堂"则是传统项目。不过，踏入镜厅的比利时小伙子佛斯特拉还是一抬头就张大了嘴巴，对着我吐了吐舌头说："这太令人惊奇了，和那些亚洲的传统乐器一样不可思议。"

从镜厅出来，回到了进门时的大理石阶梯，沿着阶梯走向通往出口的门廊，墙壁的左侧还挂着老国王和王后的巨幅黑白照片。只见一名年轻的金发姑娘像道别一样朝着照片挥了挥手，又兴冲冲地在门外的留言本上写下几句对新国王的期待。

（2013 年 8 月 1 日写于布鲁塞尔）

卢森堡王室婚礼

10 月下旬,恰逢醉人的秋色和暖阳。20 日上午,30 岁的卢森堡大公储纪尧姆和 28 岁的比利时女伯爵斯蒂芬妮在圣母大教堂举行盛大的宗教婚礼仪式。世界各国王室成员应邀前来道贺,数千民众在教堂和市政厅外翘首以盼,古城中央遍地欢喜。

西欧内陆的这个袖珍小国平日极少登上国际媒体的新闻头条,这里的百姓生活富足平淡,在外界眼中是个谨慎、严肃的国度。然而,作为现今欧洲大陆仅存的大公国,卢森堡迎来了 30 年里最大的王室喜事,这也是今年欧洲最引人注目的王室婚礼。

纪尧姆是卢森堡大公亨利和公爵夫人玛丽亚·特雷莎的长子,也是欧洲王室中最后一位告别单身的法定王位继承人。斯蒂芬妮出生在比利时显赫贵族世家,是伯爵菲利普和已逝伯爵夫人阿里克斯的小女儿。

当地媒体报道说,两人相识五年多,相恋一年多。欧洲王室里的王储妃多为平民出身,比如 2012 年两场王室婚礼的女主角——英国威廉王子的妻子凯特和摩纳哥阿尔贝二世亲王的妻子查伦。纪尧姆和斯蒂芬妮在欧洲民众眼中则更加门当户对。

婚礼当天上午,卢森堡政府举办了一场小型招待会,现场有许多报名前来的当地民众,王室新人甜蜜亮相。

当天上午 11 时许,新娘斯蒂芬妮头顶白纱,一袭镂空蕾丝拖地纱裙,缓步走进圣母大教堂,教堂钟声在整座小城回响。前一天下午,这对王室新人已在市政厅完成婚姻登记仪式,并于当晚在大公府设下婚宴。

人们聚集在红白蓝三色国旗飘扬的纪尧姆二世广场上,或相互依偎,或牵着孩子,手捧香槟或咖啡,观看大屏幕上的宗教婚礼仪式直播,不时爆发出热烈的呼喊声和掌声。

广场大屏幕的最佳观看位置留给了提前报名的残障人士,市政厅门前还有一小块地方提供给失聪的少数观众,配有专门的电视屏幕和一名手语翻译人员。

"新娘美极了,他们交换戒指的场面也让我非常感动。"来自巴黎的年轻姑娘塞西尔说。

目前是比利时籍的斯蒂芬妮将在婚后不久入籍卢森堡,此事还在当地引起过小小的争议,因为法律规定在卢森堡连续居住满七年后才能入籍。不过,卢森堡议会已经批准此事,而这位笑容可掬、举止得体的贵族新娘似乎已经得到了绝大多数民众的认可。

婚礼过程中还有个简短的默哀仪式,斯蒂芬妮的母亲、比利时伯爵夫人阿里克斯两个月前因病去世,大屏幕上新娘双目紧闭,神情凝重。广场上有位年轻的妈妈看到这一幕时,就低头去亲吻怀中的女儿。

23岁的大学生米歇尔穿梭在人群中派发免费杂志,杂志的封面文章就是这对王室新人。在他眼里,一场王室婚礼实在是"很酷",因为所有人在这一天都感到欢欣鼓舞。

债务危机爆发三年来,越来越多的欧洲民众不时为将来的生活感到担忧。每逢各种节日或庆典,人们更愿意放松心情并欣然前往,王室婚礼也正是全民狂欢的大好理由。

米歇尔还说:"这是我们国家历史上的重要一天,也是向更多人推介卢森堡的好机会。"

为期两天的王室婚礼期间,确有许多游客专程赶来,街头巷尾也可以看到许多婚礼纪念品,特别是印着王室新人头像或是结婚标识的瓷器、巧克力、蛋糕、红酒和邮票等,一些别出心裁的"王室主题三日游"也应景而生。

卢森堡当地一家报社女记者吉纳维芙告诉我,广场上的人或许一半以上都是外地游客,他们也听不懂卢森堡语,但这场王室婚礼绝不仅仅属于卢森堡本国人。

大公储和新娘在婚礼前接受采访时也表示,希望办一场教堂内外人人都能参与的婚礼。20日傍晚时分,绚烂烟花和活力音乐会的确让整个城市沉浸在喜悦与兴奋中,市中心的酒吧餐厅热闹非凡。直到深夜,一切才又归于平静。

(2012年10月20日写于卢森堡)

王室婚礼经济账

近年来欧洲经济遭遇困境,王室巨额开销也时常受到质疑,王室婚礼预算已经成为敏感话题。2012 年英国威廉王子大婚的政府开支高达 3 000 万美元,摩纳哥阿尔贝二世亲王娶妻也花掉了 2 000 万美元。卢森堡王室婚礼的具体开支并未公开,仅知道卢森堡市政府出资 36 万欧元,其他费用由大公府承担。

卢森堡大公府的王室专用车没有车牌号码,车牌上的橘色和蓝色横条是拿骚家族的标志。

哥本哈根大学学者、王室历史研究专家拉斯·索伦森在电话里告诉我,一直以来都是政府为王室买单,王室象征着国家的身份、延续和稳定,政府和王室共同分担婚礼开支并无不妥,双方都有收益。

事实上,卢森堡王室每年接受的"供养费"约为 870 万欧元,远低于英国、荷兰等国的王室开支,平均每个百姓承担约 17 欧元。从整个欧洲范围来看,卢森堡总给人留下谨慎、清醒和严肃的印象,卢森堡王室也历来较为低调和亲民。

卢森堡国土面积不足 2 600 平方公里,常住人口仅 50 多万。2011 年经济总量不足 600 亿美元,人均国内生产总值却高达 11 万余美元,是欧盟人均 GDP 和生活水平最高的国家。

许多百姓赞成办一场盛大的王室婚礼,希望以此吸引世界的目光,进而为本国旅游、文化和消费带来长远益处。

卢森堡宪法规定,大公为国家元首和武装部队统帅。首相容克在王室婚宴上说,卢森堡的君主立宪制度运行良好,将来大公储会带领国家继续向前。

83 岁的市民弗罗林·于连接受采访时也表示:"大公储夫妇是卢森堡的未来,希望他们在国家的社会经济事务中发挥更大的积极作用,尤其是欧洲正面临重重危机的当下。"

(2012 年 10 月 20 日写于卢森堡)

微 距

小于连服装馆

来到欧洲最美的广场——布鲁塞尔大广场,走进高耸别致的市政博物馆。拾级而上至顶层,刚好看见布鲁塞尔市长弗雷迪·席尔曼在撒尿小童于连的新装盛典上翩翩起舞的画面。

小于连的服装展览馆就藏在此处,馆外的电视大屏幕滚动播放着两段相映成趣的纪实短片。市长席尔曼在片中说,小于连象征着"独立、自由、乐趣与狂欢"。世界各地的游客们则在雕像前尽情嬉笑怒骂:

"小于连怎么可能这么小?"

"我绕着大广场找了他两个小时。"

"小于连这样撒尿真淘气。"

"小于连好像是左撇子……"

这段拍摄于上世纪 80 年代的短片,如今看来依旧能让游客们会心一笑。

转过头来,可见一尊身着深蓝短袖与牛仔的小尿童。这是比利时当地一家公益组织赠送给小于连的最新服饰,也是他的第 878 套服装,右侧墙壁上还张贴着小于连的"更衣"日历。

穿过走廊,正式进入小于连的"衣帽间",大约 20 平方米的空间里整齐摆放着近百座小于连像,穿衣风格迥然不同。入口的正前方玻璃展柜中有两座赤裸的小于连,身长约 61 厘米,右侧的青铜雕像便是"真品"。

原来大广场上千万游客驻足观赏的小于连是个官方复制品,而只有来到服装展览馆,才会发现这个小秘密。

几百年来,当地居民无比钟爱这个叉腰挺肚、憨态可掬的小尿童。17 世纪末法王路易十四下令轰炸布鲁塞尔时,人们特意将小于连掩藏起来才得以保存。

大广场上着圣诞装的小于连

历史上小于连命运多舛,1817 年、1946 年、1955 年、1957 年先后遭窃,几经波折后失而复得。最严重的一次是在 1965 年,小于连遭到严重损毁,膝盖以上的身体都被偷走。一年后得以找回后,市政厅决定将"真品"永久保留在博物馆里,并进行了精细的修复。

相传早在中世纪末期,布鲁塞尔城里就有一座石头做的小尿童喷泉,一直为市民提供饮用水,可惜如今再难寻觅。

17 世纪时,市政官员提出打造青铜雕像,比利时雕刻家杰罗姆·杜奎斯诺伊于 1619 年打造出这座家喻户晓的小于连。当时撒尿小童的设计其实较为普遍,布鲁塞尔也有许多其他人像喷泉。

1747 年,占领布鲁塞尔的法国士兵抢走小于连,也激怒了当地市民。法王路易十五将其归还时,赠送了一套小服装以表达歉意。这也是展览馆收藏的年代最久的小于连服装,此后各国政府与民间纷纷向小于连赠送衣服。

截至今日,小于连已经收到了 800 多套服装,由于展览馆空间有限,通常只展出 100 套左右,并定期轮换。

展览馆最右侧的一面展柜被定义为"国家墙",小于连的服装来自中国、美国、加拿大、西班牙、塞浦路斯等国家,各国特色也往往一目了然。

博物馆工作人员维特告诉我,有一名市政官员专职担任小于连的服装师;每年大约有 36 个节日期间，大广场上的小于连都会穿上相应的服饰；每次得到新衣服都会举行庆祝仪式，只要没有商业用途，任何机构或个人都可以向小于连赠送衣物。

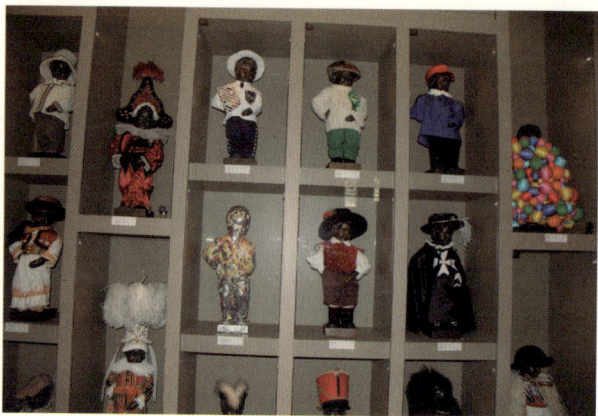

展柜中心有一座银色的于连雕像较为醒目，服装以比利时著名的手工蕾丝作底料，配以红黄黑三种国旗色，上衣口袋里塞满了比利时薯条，小于连的脸部与颈部还印刻着比利时地标"原子球"的纹路，巧妙地将比利时的几大特色展现无遗。

维特说，市政博物馆每年大约有十万名游客，大多数游客直奔小于连的服装展览馆，并且热衷于寻找自己国家赠送的服装，市政博物馆也被许多游客简称为"小于连博物馆"。

人们还热衷于才猜测小于连的出身与典故，但至今无一得到认证。有一种被广泛接受的说法是：小于连在外国入侵者试图炸毁布鲁塞尔时，通过撒尿将炸药引线浇灭，挽救了整个城市。

正如一位专注于制作小于连主题电影的编剧安妮所说，"小于连的神情与姿态，给世人留下太多想象与发挥的空间"。

相比纽约自由女神像的庄严与哥本哈根小美人鱼的娴雅，小于连的不拘一格与洒脱自在，吸引着全世界的游客千里迢迢慕名而来，也展示着比利时人崇尚自由、追求幽默感的特质，经由小于连代代相传、历久弥新。

（2011 年 11 月 20 日写于布鲁塞尔）

"浴缸划船节"

15 日中午,比利时那慕尔省的迪南市主街区车水马龙,穿越全城的默兹河两岸人声鼎沸。天气略微阴沉,一年一度的"浴缸划船节"却依旧吸引了数万名带着好奇心的游客。

作为当地的特色文体赛事,"浴缸划船节"要求参赛者制造出至少带有一只浴缸的手划船,完成一千米的水上巡游,最后根据设计创意而非行驶速度,评选出每年的获胜船。

依山傍水的迪南市总面积不足 100 平方公里,人口仅有 1.3 万,山崖上的古堡和山脚下的教堂是其主要地标。这个风景如画的小城还是萨克斯管乐器的发明者阿道夫·萨克斯的故乡。

"浴缸划船节"可能是迪南市一年中最热闹的日子。河岸上的旧货市场凌晨就开始营业,街头的乐队演奏陆续登场,路边的餐馆咖啡馆也是一桌难求。

下午时分,连接河两岸的查尔斯·戴高乐大桥上,游人们翘首以盼。而在 1 000 米以外的水上巡游始发点,可以看到大约 30 只造型奇特、风格迥异的参赛船。在每只船的中央或者四周,都能找到一只大浴缸。

这一届节日以"80 年代"为主题,参赛船中可以找到彩色魔方、超级玛丽、忍者神龟、变形金刚等触动"80 后"心弦的怀旧形象。许多船员身穿"墨西哥 1986"的球服,让人们想起比利时足球队在 1986 年墨西哥世界杯上取得了第四名的最好成绩;还有扮演"僵尸"的船员,船上贴满了美国已故流行音乐天王迈克尔·杰克逊的头像,以此纪念他的经典专辑《颤栗》。

我还注意到一只带有两面澳大利亚国旗和六只充气袋鼠的异域船只，原来是澳大利亚国家电视台有一档儿童体育节目，制片人在世界各地搜罗"匪夷所思"的体育比赛，最后不远万里来到这里，一边参赛一边录制节目。

有只参赛船突然翻倒在河里，引来岸上一阵惊呼，落水的船员却毫不在意，顺势在河里畅游了一圈。另一只自备儿童滑梯的参赛船上，目测身高 180 厘米以上的高大船员也纷纷乘着滑梯跳进了河里。

紧接着，参赛船之间相互打起了"水仗"，许多岸上的游客也未能幸免。还有些船只自带音箱，有些自备啤酒，还有许多船员盛装打扮，在俏皮的音乐声中手舞足蹈，很快上演了一场水上嘉年华。

不知不觉中，所有参赛船慢慢前行至桥下，乘着快艇跟踪赛事的许多记者才突然意识到：比赛早已开始并即将结束，原来还有如此不紧不慢、自顾自玩耍的体育比赛。

这一节日的起源也颇有幽默感。早在 1982 年，当地一个大胡子厨师听闻有个法国人在默兹河上划着一只浴缸船，受其启发策划了一场浴缸划船比赛，在当地大受欢迎，首届"浴缸划船节"就此诞生。

（2013 年 8 月 15 日写于迪南）

画家拉赫朗德

2013 年 4 月的一个午后,春风和煦。在比利时北部小城济赫姆的一幢山间别墅里,我见到了高瘦清冷的汉斯·拉赫朗德,和满屋子的巴洛克式的繁丽画作。

肖像和静物交错呈现,绚丽夺目,油画旁还配有铅笔素描底稿。画家采用古老而严格的传统绘画技法,笔下的现代人物和事物之呈现仿如戏剧。

这是他一年一次的私人画展。应邀来此的宾客们穿着考究,静立画前,琢磨着画中的蔬果瓷器和男子妇孺。楼内,画里画外的人和物,时明时暗,或动或静,壁炉里整段的木头在热情地燃烧;窗外,阳光洒满了大片草地。

拉赫朗德生于 1965 年,父亲是现代派画家,母亲是教师。他 10 岁开始随父亲学习绘画;15 岁起独自钻研 17 世纪后期巴洛克绘画大师鲁本斯的技艺与风格;18 岁因感到陷入瓶颈期而停笔一年;23 岁复制出光影大师伦勃朗使用过的铅白颜料。

△自画像

△　文中扫描画作均来自画家本人。

三十多年来,拉赫朗德创作出许多张扬、繁丽而动感的典型巴洛克艺术画作。他的持守除了巴洛克绘画传统,还有使用传统天然颜料在现场作画。他从不借助任何现代摄影器材,无论肖像、风景或静物,完全根据所见所感,先有铅笔草图,再创作油画,强调画中各种事物的相互组合,认为画前构思至关重要。

静物

主展厅尽头左转,画家的工作室尽收眼底。屋子中间立着一块几米高的木制画板,墙角是调制颜料的水池,窗台上摆放着五颜六色的玻璃瓶,墙壁上挂满了拉赫朗德的代表作。

正中央一幅油画描绘了一个倚在沙发上的圆脸女孩,她身穿粉红绸缎连衣裙,手边有一个绿色塑料玩具,色调对比鲜明。拉赫朗德说,这是他迄今最满意的作品,画中女孩是他的女儿。

这幅油画的木框两侧各有一翼,分别是拉赫朗德本人和妻子的肖像画。两翼关合后能够保护中间的画作,打开后又各成一体,好像一套全家福,而这种窗户闭合式的木制画板是早期弗拉芒画派的传统。

全家福

　　拉赫朗德已在荷兰、美国、俄罗斯、中国等地举办画展，但在比利时并未得到广泛认可，他与其他艺术家也鲜有往来。交谈中也能感受到他的不善言辞，以及成就与挫败的情绪交织。

　　前来观展的鲁汶大学艺术史教授卡特里尼·范德斯蒂海伦却是拉赫朗德的伯乐。作为当地最权威的鉴赏专家，范德斯蒂海伦非常肯定地告诉我："拉赫朗德是个与众不同的艺术家，而历史上大多数后来成名的艺术家，都是与他们所生活的时代格格不入的。"

　　拉赫朗德是范德斯蒂海伦所知的目前唯一坚持巴洛克风格的比利时画家，用传统技法描绘现代生活。"他的精神世界似乎饱受煎熬，在现实与过去两者之间挣扎不休。他是一个完美的斗士，想要同时征服当代的和过往的艺术家们。"

　　后来在另一个画展上，我认识了欧洲最古老的家族画廊——道维斯艺术画廊的第五代传人艾福特·道维斯。85 岁的艾福特惜字如金，但聊起拉赫朗德的作品时，他竟滔滔不绝：

　　"看着他的画，我的人就像走进了画里。"

　　"他可能是唯一有能力为 17 世纪艺术带来新生的画家。"

　　"一个人的倔强或是谦逊，乐观或是忧郁，从他的肖像画里一读就懂。"

商人肖像画

饕 餮

空中餐厅

六月天,孩子脸。当地气温还在十几摄氏度徘徊,时常阴雨连绵、凉风嗖嗖,布鲁塞尔市中心艺术山上搭起的"空中餐厅"却燃起了腰包鼓鼓的美食爱好者的热情。

准确地说,"空中餐厅"是个重达数吨的金属框架,餐桌长 9 米、宽 5 米,桌布由青草铺就,上方有顶罩和吊灯,中间的 3 平方米是厨师和服务生的工作区,四周有 22 个安全坐椅,能够自由旋转 180 度。一台巨型起重机将整个餐厅吊入半空,离地约 50 米,这样任凭脚下车水马龙,空中食客怡然自得。

来自周边小镇的菲利普、吉内特夫妇慕名而来,并为此支付了 500 欧元。丈夫菲利普是当地农贸市场的蔬果商贩,这周即将退休,近 40 年来每周工作 80 小时;妻子吉内特是区政府行政官员,突然发现就餐当日还是两人的结婚纪念日,一阵惊喜立即覆盖了她的恐高情绪。

我的座位挨着吉内特,20 多名食客依次入座,由工作人员在腰间和胸前系上安全带后,随着餐厅缓缓升入空中,大家纷纷屏气凝神,这时候餐桌上的香槟和面包已经备好。

餐厅在空中悬浮大约10分钟后,吉内特说:"我低头往下看的时候,还是有一点害怕。"不过,待到品尝生虾、山野菜等前菜时,吉内特已经跟着餐厅里的音乐哼起了小曲儿,菲利普和当地的米其林一星名厨马丁聊得正欢,而其他食客也开始碰杯交谈、相互帮忙照相。

"空中餐厅"是一个移动的概念,最早来自两个比利时企业家的奇思妙想和合力创作,旨在让就餐者在任何想去的地方就餐。经过七年的发展完善,已有40多个餐厅在世界各地营业。

从巴黎到悉尼,从迪拜到开普敦,从波哥大到圣保罗,餐厅先后出现在各大城市地标的上空,吸引了世界各地名厨的参与,座上嘉宾包括摩纳哥亲王阿尔贝二世、拉斯韦加斯前市长古德曼、比利时首相迪吕波等。

创始人之一大卫·吉赛尔斯告诉我说:"这有运气的成分,但我们为这个空中的梦想付出了许多努力。"他计划在未来五年将"空中餐厅"推广到包括中国在内的另外20个国家。

这个理念还可以用来筹备空中婚礼、空中音乐会等活动。吉赛尔斯说,每天收到的几十封申请信也是灵感的来源,未来一两年计划推出可以收看体育赛事的"空中影院"和功能设备更加齐全的"空中餐馆"。

目前的"空中餐厅"受限颇多,比如一有食客需要去洗手间,就必须立即降回地面,尽管这只耽误几分钟的时间;另外出于安全考虑,空中厨房只能依靠电磁炉烹饪。名厨马丁还说:"天气是个问题,尤其遇上大风天,玻璃杯悉数往下滑,不过食客们会手忙脚乱又哈哈大笑。"

马卡龙配爱尔兰威士忌是这一餐的甜品,食客们已然非常惬意,"空中餐厅"也缓缓降回地面。马丁最后说,控制起重机的那个小伙子今天过生日,于是大家集体拍手唱起了"生日快乐"。

菲利普和吉内特夫妇对此行感到很满意。菲利普打算继续寻找各地的美食趣事,而吉内特笑着说:"我还想让餐厅升得再高一点,让我们多待一会儿,这大概是酒精在作怪吧。"

(2013年6月26日写于布鲁塞尔)

美味电车

正午时分,来到山丘之上的普拉尔特广场。远处的观望台可以俯瞰大半个布鲁塞尔的风光,在当地声名鹊起的"电车餐厅"就从这里出发。

一阵"咣当咣当"的声音由远及近,迎面而来的是一辆洁白如洗、车身印着刀叉图案的别致电车。我听见身旁一名女子说,下个月就要离开布鲁塞尔,这趟电车不能错过。

一脚踏进车门,直感到香气扑鼻。车头驾驶区还依稀可见上个世纪60年代的老旧痕迹,整个车厢却经过精细的改造,纯白的现代简约风格,车窗上方贴着一组讲述城市过往的黑白老照片,餐桌上的每个酒杯都有固定的凹槽。

30多名乘客依次入座后,窗外一缕缕的街景阳光从眼前滑过,车厢里传来惊叹声、快门声、酒杯碰撞的叮叮声,还有"咣当咣当"的行驶声,略显局促和嘈杂,却小有情调而欢乐异常。

这是一种全新的电车体验,在两个小时的旅程里,一边品尝米其林名厨和甜点师联手准备的三道佳肴,一边饱览布鲁塞尔的地标建筑和市井生活。

从 10 世纪的要塞小镇发展为欧洲的政治心脏,这个千年古城已有百余万人口,有轨电车却依旧是和地铁、巴士并行的主要公共交通工具,电车轨道也和公路路面融为一体。这美食创意更是给古老的电车带来了新的活力,"美味电车"正在成为最新的城市名片。

前方亮起的一个红灯,将电车短暂停留在优雅奢华的路易斯大街。它始建于 1847 年,取名来自比利时国王利奥波德二世的长女路易斯公主。二战期间,纳粹占领布鲁塞尔,还在路易斯大街设过总部。如今这里大牌云集,栗树繁茂。

前菜是一道布局考究的鲜虾配鹅肝酱。但凡透过车窗向外张望,总能遇上几个诧异的目光。左侧邻桌像是两对恋人,其中一个高个儿男孩递来一个相机,却不小心撞翻了我的酒杯,香槟洒了一身。仅有几秒钟的尴尬,我们就笑开了花。

这个名叫亚历山大的男孩告诉我,他是一名医生,有一天夜班上到凌晨四点,在网上看见价格不菲的电车餐厅,"一拍脑袋"就定下了四个座位,尽管平时很少乘坐电车。他对面的朋友名叫贝肯,接过话茬说:"电车总是很拥挤,几十年前大家一上车就开始聊天,现在都各自玩着手机。"

　　早在 1869 年，布鲁塞尔就出现了从那慕尔城门到坎布雷公园的公共马车，也就是有轨电车的前身。20 世纪初风靡一时的有轨电车尽管安全而环保，却因为速度慢、噪音大等问题在许多城市日渐消失。布鲁塞尔却保留着 18 条有轨电车线路，而有些老式电车还出现在旧金山的老城和纽约的博物馆。

　　比利时还有一条远近闻名的海岸线有轨电车，长达 68 公里，将比利时海岸线上的所有城镇连在一条电车线路上，全程运行两个半小时左右，也是全世界最长的有轨电车路线，其中从奥斯坦德到尼乌波尔特的路段从 1885 年就开始运行。夏天的海岸线有轨电车十分钟就有一班，每年接待数百万乘客。

　　主菜是兔腿肉和白芦笋，惹来车厢里的一片赞叹。年轻的女服务生告诉我说，相比"静止的"餐厅，在这里端盘子并不容易，但所有的乘客都带来了最好的心情。也许正因为如此，电车餐厅并非布鲁塞尔独有，据说最早出现在南半球的墨尔本，在苏黎世还有专吃奶酪火锅的电车之旅。

　　当然，比利时地处欧洲十字路口，在世界地图上并不起眼，当地美食却享誉欧洲，正餐以海鲜贝类最为出名，修道院啤酒独具一格，街头热气腾腾的薯条和华夫饼十分诱人，而比利时巧克力更是有口皆碑。

　　环城一圈，电车回到普拉尔特广场，车厢安静了好一会儿，大概是巧克力慕斯激起了各自心中的甜蜜或者不舍。我突然想起，在布鲁塞尔街头见过这样一句幽默的环保标语："请爱护星球，只有这个星球上才有巧克力。"

（2013 年 7 月 4 日写于布鲁塞尔）

东方诱惑

在距离北京 8 000 公里的布鲁塞尔,脆皮烤鸭和豌豆黄挑起了当地大人孩子们的食欲。欧洲食客问远道而来的中国厨师:"请问你们的餐馆开在哪儿?"

这里是第二届布鲁塞尔美食节。作为受邀地区之一,北京带来了十几道中国特色菜品,包括香肠、牛肉丝、豌豆黄、脆皮烤鸭、杏仁豆腐、菠萝鸡片、雨花石汤圆等,还准备好山楂、橘皮和甘草等原材料,在当地熬制了新鲜爽口的酸梅汤。

美食节设在布鲁塞尔坎布雷森林公园的一片青草地上。穿过葱绿而幽静的森林,在公园湖中央罗宾逊小岛的对面,立着几十个尖顶的白帐篷;沿着粉红色的地毯,可以一路品尝全球六个区域的美酒佳肴,体验舌尖上的探险之旅,而中国风味更是让许多食客感到不虚此行。

英式田园风格的坎布雷公园是当地最美丽的公园,始建于 1861 年,总面积 1.23 平方公里,树木的不规则种植营造了特别浓厚的自然气息。在这里绘制的一幅美食地图让欧洲、亚洲、非洲、北美等地的大厨们相互交流和展示技艺,也让骑自行车、晨跑和散步的人们闻香而来、饱腹而归。

早在 1994 年,北京就与布鲁塞尔大区结为友好城市,去年参加了首届布鲁塞尔美食节。北京市旅游局希望借此展示中国传统美食文化,增进两地民间交往。大厨们身着专业定制服装,领口还绣着两枚鲜艳的五星红旗。

北京团队负责人说,中国厨师的外语水平有限,但简单的交流也不乏乐趣,关键是食材新鲜、现做现吃,"味道上可不能丢面儿"。细心的中国厨师还准备了许多象征平安和长寿的红绳手链,送给上前观望品尝的当地人。

　　四川展台在美食节的另一角,这里常常人满为患,麻婆豆腐、宫保鸡丁和鱼香茄饼都很受欢迎,还有几个小学生模样的男孩子正在品尝热腾腾的担担面。英文拼写"Sichuan"已为许多当地人所知晓,代表着来自中国的"麻辣诱惑"。

　　肖良洪是一名来自成都的厨师,第一次来欧洲参加美食节,一连串说了好几个自己的"新发现",比如志愿者每天早晨都来收拾垃圾和分发新垃圾袋;比如在公园里搬几把椅子都能碰到热心人主动帮忙;比如同住一家酒店的非洲厨师们上下班总是一路唱着歌;比如城里的夜市有许多自带烤箱和冰柜的集装箱大车。

　　他还说,由于缺少中式厨具,特别是没有炒菜的大锅,只能依靠电磁炉,"火不够旺",导致有些菜品的口味打了不少折扣。

　　碰巧的是,我在北京展台前还遇见了欧盟前驻华大使赛日·安博先生。在中国生活过六年的他用流利的中文对我说:"我去过正宗的北京饭馆,今天这些菜还有差距,不过在欧洲做中国菜可不容易。对于没去过中国的比利时人来说,它们已足够美味了。"

　　当然,这里还能找到浓香四溢的欧式咖啡、七彩奇异的糕点糖果、品质优良的红葡萄酒和心形的比利时华夫饼,以及匈牙利烩牛肉、摩洛哥焖羊肉、泰国咖喱虾等等。在比利时颇有名气的"黑松露"餐厅也设立了展台。

　　中国厨师说,一有空闲,他们就端着餐盘去其他展台相互交换特色菜,几天时间已经尝遍了其他菜式,也和世界各地的大厨们熟络起来。美食当真是没有国界。

(2013 年 9 月 15 日写于布鲁塞尔)

末　迹

巴黎的爱

▲拿破仑墓在蔚为壮观的荣军院里,拿破仑的遗嘱说:"我愿我的身体躺在塞纳河畔,躺在我如此热爱过的法国人民中间。"

▲巴黎爱墙上用300多种语言写满了"我爱你",墙壁上方那位蓝衣姑娘说:"爱是不理智的,那就爱吧"。再仔细看看,就会发现墙壁上原本画着另一个姑娘,她说的是,"保持理智,爱不可强求"。

希迈时光

▲希迈(Chimay)是比利时埃诺省一个人口不足万人的小城市,城中最有名的就是酿造啤酒的修道院。据说最早的希迈啤酒根据浓度分为数十种,后来为利于市场推广,精简为红白蓝三种,其中蓝色酒精度数最高、口感最浓烈。在修道院附近的一家餐馆里,这三种啤酒在木质杯架上错落摆放。

▼在希迈城中心遇见一位木匠老人,热情地邀请我们参观他的地下工作间。在满是木屑和灰尘的小屋里,只需要十多分钟,他就将一截木桩打磨成了一只光滑的木球。他似乎也不以此为生,仅仅是打发时间。

五渔村行山

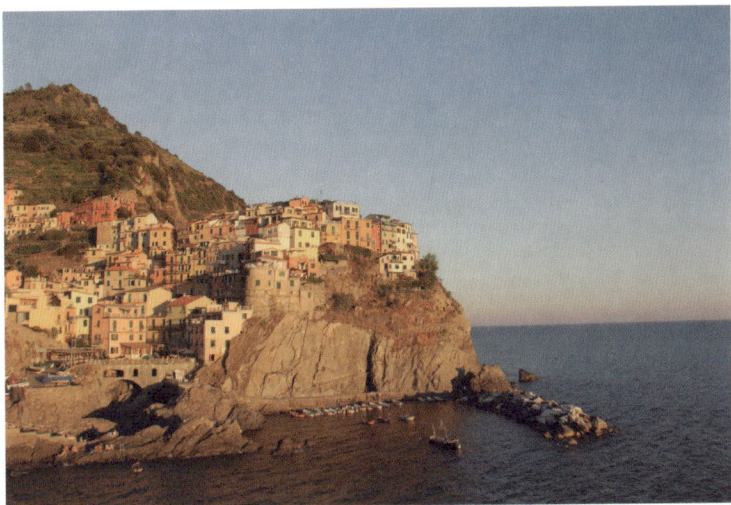

如果说，亚平宁半岛上国土狭长的意大利像一只长靴，那么，里维埃拉海岸边的五渔村就是这只长靴上一颗亮闪闪的铆钉。

里奥马焦雷、马纳罗拉、科尔尼利亚、韦尔纳扎和蒙特罗索五个村庄组成了意大利面积最小的国家公园，依山傍海的村庄之间由铁路和栈道相连。

千余年前，当地人将森林和陡坡改造成梯田，还筑起几千米长的石墙，抵御海盗和蛮族入侵。如今，五渔村已是联合国教科文组织认定的世界文化遗产，5 000居民每天迎接来自世界各地的旅行者。

从威尼斯开往五渔村的途中，一直在感慨意大利北方经济发达，导致博物馆、停车场和高速公路价格不菲，当地人的驾驶技术更是完胜西欧国家。城里的商贩也很有意思，一是商品哪怕便宜五毛钱，都要强调"只为你降价"；二是不愿意接受信用卡，说现金没有手续费。

言归正传，五个村庄之间共有四条栈道，距离一至四公里不等，栈道既是远近闻名的观景台，也是徒步登山者的圣地。

两年前五渔村经历了一场严重的泥石流，此后其中两条栈道一直对外关闭。我们选择了从蒙特罗索到韦尔纳扎的这一段，全场三公里，当地人说这是最具挑战的线路。

一上路，在山脚遇见一名工匠，将海边的石头切成细细长长的小块，再仔细打磨成耳环项链，朴素却不乏创意。轻快地走到第一个半山腰，就开始感受到地形起伏，接连遇见许多窄道。然而只要停下脚步，在山崖边眺望蓝天碧海，身后还纵横交错的葡萄藤，自是心旷神怡。

赶上正午，骄阳似火，同行的驴友一路都在寻找凉风口和树荫处，歇脚的片刻遇上迎面来的，总要相互打探前方还有多远。在距离第一个观景台不足百米的地方，身后一个带着英国口音的女人自言自语道："美景你等着我，我先喘口气。"

蒙特罗索海滩

途中还遇见许多"小伙伴"，比如地上的壁虎和蚂蚁，无处不在的蚊子，翩翩起舞的橘色蝴蝶，喜欢跑在主人前面的吉娃娃和大型犬，还有树枝上贸然挂着的一只沙滩鞋。

放眼望去，最无边的是海天一线，纵向细细一看，是一片深蓝，一片浅蓝，一片蓝白，连接着海平面的又一片深蓝。

弯下腰来，礁石、帆船和村落相得益彰，太阳伞和比基尼更是夺目耀眼。耳朵稍一留心，就听到了脉脉的山泉水声，足以洗心尘。

两个半小时后，终于侧身就能看见出发时的那个小村庄，蛇形的登山路接近终点，身旁传来了欢呼声，我们已经疲乏口渴，竟也一路走一路唱。

到了山脚，村口站着一名老艺人，看见我们兴高采烈地下山来，赶紧拉响了他的手风琴，像是迎接凯旋的士兵。热闹的韦尔纳扎就在眼前，村庄靠山一侧有两道铁轨，若从这里上车，回到蒙特罗索只需两三分钟的时间。

但徒步还是乘列车，这不是个问题。

（2013 年 9 月 3 日写于五渔村）

向　北

神秘北极光

在有生之年,看一眼绚烂的极光,应当是很多旅行者的梦想。不远万里来到罗瓦涅米的极地游客们都会在夜幕降临后,找一片空旷僻静的地方仰望苍穹,期待着神秘北极光的出现。

北极圈上的罗瓦涅米被誉为"北方女皇",是芬兰北部拉普兰省的首府,这里迷人的江景以及市区以北八公里处的圣诞老人村也使得旅行者的步伐更加坚定。

在芬兰,北极光被称作"狐狸之火"。根据古芬兰人的传说,有一只神奇的狐狸,在白雪覆盖的山坡上奔跑,尾巴扫起晶莹闪烁的雪花在月下反射,映照出浩瀚的北极光。

拉普兰最北部出现极光的概率很高,但亲眼所见还需要天时地利的运气。正如芬兰民谣所言:"倘若你找到了神秘的北极光,幸福生活就近在眼前。"

11月底从布鲁塞尔飞往罗瓦涅米,在圣诞老人村里的桑拿小木屋住上三夜,刚好赶上这里的圣诞季开幕庆典,在浓郁的节日气氛里拜见了传说中的圣诞老人,但最期待的惊喜还是可遇不可求的北极光。

当地人都说,倘若夜晚繁星满天,就很可能看见极光。抵达当日赶上漫天飞雪,第一夜天气阴转多云,第二夜北斗七星转瞬即逝,第三夜天气终于如愿。

傍晚8时许,我们和当地的导游凯里、安迪一起驱车前往附近的一座深山,同行的还有一对庆祝25周年结婚纪念日的新西兰夫妇亚历克斯和丽莎。

山里的雪地有深有浅,在导游探头灯的照明下,我们相互搀扶着走到了山顶一座半开放的小木屋,双手和面颊都有些冰凉。

凯里捡起地上的粗木条,从左侧裤兜里掏出一把小刀,削出许多薄薄的木片,没过一会儿就点起一堆篝火,供我们围坐在四周取暖。

导游凯里和安迪(右)

大家的兴奋溢于言表,纷纷向凯里打听今晚可能看见极光的概率。做了九年导游的他大概习惯了"泼冷水",耸耸肩对我们说,罗瓦涅米每年大约有200多天会出现极光,但他全年带团出来,真正看见极光的游客大约只有30%。

这时候,天空中的星星开始若隐若现,远处城市的灯光也在雾气中变得模糊。亚历克斯打趣说,他恰好喜欢这种不确定性,等待的过程本身可能比结果有趣很多。丽莎却好像和我一样,神情与对话中总是透露着一种不见极光誓不归去的倔强。

军人出身的亚历克斯目前就职于巴勒斯坦一家非政府组织,喜欢钓鱼和打猎,有着丰富多彩的生活阅历。他说,他曾在蒙古国郊外目睹了一场严重的车祸,现场既没有可以立即赶来的医生,也没有足够的紧急药品,他自己手忙脚乱在伤者头部缝了几针,竟然保住了伤者的性命。

另一名导游安迪是个年轻腼腆的小伙子,安静地在火堆上方架起咖啡壶,并将串起的香肠递到我们手中,也和我们聊起天来。原来他也热衷打猎,一个月前在森林里打到一只魁梧的驼鹿,还向我们展示了手机里的一张照片,那是他颇为得意的战果。

闲聊之余,丽莎时不时站起身来仰望天空,一无所获后围着火堆踱步一圈,再次仰望天空。她突然半开玩笑地问道："在北极光出现的地方会否有飞机穿过呢?"凯里一脸茫然地摇摇头说,他可从来没听说过这样的事。

天空中的星星继续在大片的云朵中时隐时现,我们决定一起玩两局杀人游戏消磨时间。新手凯里和安迪都感到十分新奇,第一局抽到杀手签的安迪因为特别紧张而立刻被大伙儿发现,第二局抽到法官签的凯里在主持游戏的同时竟然自己也闭上了眼睛,带来许多困惑,大家也笑成一团。丽莎忽又想起等待极光的正事儿,提议游戏过程中由睁着眼睛的法官全程监控天气。

晚上 10 时左右,我们有些疲惫,凯里开始整理吃剩的小食,颇有打道回府的意思,极光团的简介上也确实写着全程两小时左右。

我们和亚历克斯、丽莎一家相互安慰着说,人生总要有些遗憾,这次看不到极光,是希望下次回到这里重逢,而这一场相识也是难得的缘分。

凯里突然回应说,明年 3 月将是看极光的最佳月份,因为 3 月依旧有大雪,天气却不会太冷,最适合来罗瓦涅米旅行,而据说 2012 年太阳活动会相当活跃,极光一定会更加震撼。

丽莎自言自语道,我只求看一眼,不用太震撼,看一眼最普通的就好。

一转头,我们发现天边不知何时出现了一抹绿色,隐约中时而暗淡时而凸显,难道这就是传说中的北极光吗?

我反复地询问凯里:"你确定这是北极光吗? 我们不至于太想见到而出现了幻觉吧?"他大笑着说:"没错,这就是北极光,你们太幸运了。"

它始终像一抹与地平线平行的淡绿水彩,若即若离忽隐忽现,既没有如瀑布般倾泻而下,也没有波涛起伏的动感,更没有明信片上的五彩斑斓,但在星空与树影之间,依旧美轮美奂。

我们相互依偎着,一起呆看了十几分钟,在悄无声息的星空里,天边的那一抹淡绿愈发显得晶莹可人。

当我们带着尚难平复的激动心情走到山脚时,刚好看见一只雪白的野兔安静地站在原地,仿佛也远远眺望着远处的神秘北极光。

(2011 年 11 月 27 日写于罗瓦涅米)

奔跑的哈士奇

在罗瓦涅米,大多数旅行者都不会错过三个会面:圣诞老人、驯鹿和哈士奇狗。

在这个唯一得到联合国认可的圣诞老人村里,圣诞老人一年 365 天的主要工作是接待全球各地的游客。他看起来和蔼可亲,总是以招牌笑脸合拍相片,还很乐意在明信片上写下他的芬兰名字 Joulupukki(意为"圣诞老人")。

驯鹿则是芬兰的标志,也被称作北极圈内最有灵性的动物,冬天里当深山林海被大雪覆盖时,温和的驯鹿便会慢悠悠地拉着雪橇,一路扬起阵阵雪花,将雪橇上的人们带进一个白色的童话世界。

然而,我始终认为,雪橇犬哈士奇更容易让远道而来的人们感到一种极大的震撼,他们的亢奋是北极圈冬天里最有力的生命气息,奔跑中的哈士奇让人感到热血沸腾的同时,心中更有一种怜惜与温暖。

我们跟随导游来到了圣诞老人村 20 公里以外的一片雪橇犬驯养地,99 只哈士奇正在雪地里迎接一批又一批新奇的游客。每当有大人孩子走近,它们总会扑到怀中,摇头摆尾地咬咬衣裤、舔舔脸颊,而森林深处等待出发的哈士奇列队则显然有些急不可耐,热切期盼着游客坐上雪橇,任由它们尽情撒欢。

驯养员介绍说,一队雪橇犬通常由 14 只哈士奇组成,内部分工与"领袖队伍"都是哈士奇们自行决定的,领头的往往聪明灵活、动作敏捷,站在队伍最后的往往身强力壮、耐力十足,"头狗"完全听从驯养员的指令,队伍中的其他成员则等待"头狗"发号施令。

　　狗拉雪橇可能是晴朗的冬日里最受欢迎的户外运动,而据说每年举办的狗拉雪橇比赛更加振奋人心,能够参加比赛的哈士奇都是不畏风雪严寒的"勇士",坚持奔跑近千公里而不知疲倦。哈士奇大约 1 岁左右就开始接受训练,4 至 6 岁时精力最为旺盛,大多数的哈士奇寿命约为 10 至 12 年。

　　蓝天白雪之下,两两并排的哈士奇振奋昂扬,驯养员一声号令,它们便以迅雷之势疯狂而又有序地一路向前奔跑,雪橇之上的人们瞬间体会到它们的速度与激情。在这辽阔的雪原上,既有大自然的质朴与恬静,也有哈士奇的光荣与梦想。

　　　　　　　　　　　　　　　　　　　　　(2011 年 11 月 26 日写于罗瓦涅米)

冰岛环游

盛夏时节，来到心驰神往的冰岛，刚好是几乎极昼，没有天黑。飞机上的杂志介绍说，冰岛4万平方公里的国土面积，相当于美国肯塔基州的大小，32万人口也只有美国的十分之一，一半以上的人口都居住在首都雷克雅未克。

冰岛是欧洲国名中唯一采用意译的汉语名称，这个名为"冰的陆地"（Iceland）的国家，实际上拥有奇特多变的风景。这和格陵兰岛的名字相映成趣，那"绿色的陆地"（Greenland）实则千里冰封、万里雪飘，反而是个货真价实的"冰岛"。

凌晨抵达，一出机场就看见天边一大片橘红色的晚霞，气候有些偏凉，驱车沿着一条主路盘绕，举目人烟稀少。来到像集装箱一样的青年旅馆小屋，一眼瞥见餐桌上一支瘦瘦的花瓶里，有一朵歪着脑袋的小粉花，睡了几小时就出门闲逛。

雷市的大教堂远近闻名，素白的管风琴结构远远看着超凡脱俗，教堂内部简洁质朴。市中心还有许多红黄蓝绿的小房子，它们也总是出现在城市的明信片上，鳞次栉比，七彩斑斓。

传说在公元9世纪，前往岛上的定居者远远看见此地白烟袅袅，误将温泉掀起的水气当作烟雾，就起名为雷克雅未克，冰岛语的意思是"冒烟的城市"。其实这里地热丰富，为工业提供洁净的能源，整个城市绿色天然。

下午沿1号公路开往北冰洋的观鲸圣地——胡萨维克，路边常有整片的苔藓，或者硕大的礁石，

雷市大教堂

礁石之上有许多干白的树枝,眺望远处还可见湛蓝的湖水和山顶的残雪。

若是经过一大片绿草地,总能看见许多错落有致的圆柱体青草堆,用雪白的塑料皮装裹,猜想是为牛羊留作冬日的口粮。

傍晚抵达后,迎着落日的晚霞,和几个素不相识的游客乘船出海。我们紧紧地抱着船上的桅杆,像船长一样四处眺望。一有动静,船长就以钟摆的位置提示方向,所有人就会齐刷刷地转过去,咔咔地按快门,全程竟有三次看见鲸鱼跃出海面。

鲸鱼跃出海面

凌晨回到旅馆,在餐厅里遇见三个意大利驴友,打声招呼就围坐在一起,分享一个大大的巧克力蛋糕。加布里埃尔是一名消防员,一脸帅气,和未婚妻玛丽亚都热爱旅行,曾经骑着摩托车从意大利到西班牙,全程 5 000 公里,两人梦想的旅游地是西藏,计划明年就去环游中国。他们的好朋友迪亚戈是个憨厚的"大灯泡",一个劲吃蛋糕,呵呵地笑,话很少。

第二日,来到当地最大的环形山,爬上 2 500 年前爆发留下来的死火山口,体验左手火山、右手雪山的冰火一片天。站在山顶,朝着椭圆而深陷的灰色洞口大呼一口气,一回头又看见一束阳光穿透云朵照耀在远处的雪山之上。

在米湖湖畔的小镇上,吃到了当地的温泉面包,据说是地热烘制而成,微甜而带有焦味,配以奶油和烟熏三文鱼。

路边还有家当地手工创意汇集的小店，和国内流行的格子铺类似，买下一件红酒瓶专用的小布艺，袋身是圣诞节的大红大绿，瓶口处翻开又是浅浅的香槟色。

收银台老太太一边递来一个扣着毛线小红绳子的报纸口袋，一边将这笔收入记在某个名字栏下，多半是个心灵手巧的姑娘。

晚上来到深山中的北方蓝湖，细滑的淡蓝湖水大约 40 度上下。神清气爽之余，沿途路过弥漫着臭鸡蛋味道的土黄色硫磺地貌，眼前是一片片沸腾的泥浆和一排排缥缈的雾气，这里若不是另一个星球，那又是什么呢。

第三日，抵达冰岛南部，天气逐渐阴沉，雾气浓重，头顶像是有一个大大的锅盖，而我们就好像锅盖下热气腾腾的小龙虾。

站在冰湖的湖岸，冲着漂浮在湖面上的大冰块发发呆，它们或浅灰或浅蓝，远处湖天相

冰湖

连，云彩背后透着弱弱的阳光。

走过一座铁桥，在另一侧的黑沙滩上，散落着许多晶莹剔透、形状各异的冰块，好像是天然的冰雕展览。

冰原摩托

第四日，在欧洲最大的冰川——瓦特纳冰川上体验冰原摩托的飞驰闯荡。向导是一名爱说冷笑话的当地小伙子，不紧不慢地讲解动作，又总能逗笑全场。

握紧油门需要不少力气，右手坚持几分钟

就感到酸痛不已，而这雪地向前冲的义无反顾又让我想起了雪橇犬哈士奇。

晚些时候，路过"水帘洞"瀑布，顶着冲锋衣绕行到背面，原来那里水气十足、土地泥泞，透过飞流直下的瀑布看着外面的蓝天绿地，竟有种说不出的狂喜，禁不住去想，这里是否藏着一只美猴王。

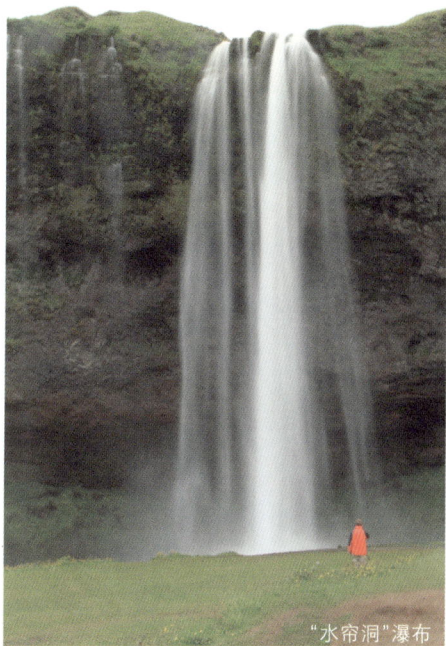

"水帘洞"瀑布

环岛自驾的第五日，又回到雷市看一些最有名气的景点，比如冰岛古议会旧址所在处的裂谷，还有黄金瀑布和间歇泉，以及冰岛最大的地热温泉——蓝湖，但总有说不出的疲倦，大约是前几日的惊喜震撼透支了所有的喜爱，美丽而独特的冰岛早已在心里装满。

这样的地方，如果时机恰当，不知能否待上一年半载，慢慢走，细细看，在风中起舞，与牛羊做伴。

（2012 年 7 月 4 日写于雷克雅未克）

戛　纳

戛纳星光

◀第 65 届法国戛
纳电影节的海报
主角是美国已故
女星玛丽莲·梦
露，开幕前摄像
记者在电影宫内
做准备工作。

▶电影节上的潮狗
简直点亮了海滨
大道。

美国男星布拉德·皮特作为《温柔的杀戮》主创之一出席发布会。影片讲述由皮特扮演的男主人公杰基·柯根受雇于黑帮，调查一起重金赌局抢劫案，该片根据乔治·希金斯于 1974 年推出的犯罪小说改编。这是皮特继《无耻的混蛋》、《生命之树》之后第三次进军戛纳。

布拉德·皮特的签名明信片

美国女星克里斯汀·斯图尔特跟随《在路上》剧组出席戛纳新闻发布会。《在路上》是
巴西导演沃尔特·塞勒斯继《摩托车日记》之后的又一部公路电影。

澳大利亚女星妮可·基德曼作为《报童》的主创之一出席新闻发布会。《报童》是美国
导演李·丹尼尔斯的新片，根据美国当代小说家同名悬疑小说改编，在戛纳首映。

亚洲电影

亚洲对戛纳而言，是遥远东方的魅力；戛纳对亚洲来说，是难以抗拒的光环。对亚洲各国来说，戛纳虽是"客场"，但无论是走红毯还是卖影片，参与其中的亚洲电影人从来不敢怠慢。

第65届戛纳电影节上，尽管只有三部亚洲导演的作品参与角逐金棕榈大奖，但在主竞赛单位之外，无论是"导演双周"还是"一种关注"，无论是街头海报还是市场叫卖，亚洲电影随处可见。

中国电影算得上戛纳常客，虽已连续三年无缘金棕榈奖角逐，但在电影节其他单元的表现毫不逊色。今年，章子怡参演的《危险关系》入围"导演双周"，娄烨执导的《浮城谜事》入围"一种关注"，王家卫执导的《一代宗师》片段在新片惊喜放映系列中压轴出场，《画皮 II》、《富春山居图》等影片也前来举行推介。

故事背景设置在上世纪 30 年代旧上海的爱情阴谋大片《危险关系》在戛纳首映时获得好评，全场座无虚席，散场时掌声雷动，次日法国地铁报也慷慨给予大幅报道。影片主演之一张柏芝还受邀担任本届电影节主竞赛单元的颁奖嘉宾。

电影宫外的中国国旗

《危险关系》改编自法国作家拉克洛 1782 年写成的同名书信体小说，该小说先后被美国导演昆汀·塔伦蒂诺、英国导演斯蒂芬·弗里尔斯等搬上银屏，但东方韵味尚属首例，因此法国媒体和影迷尤为关注。

至于中国女星在戛纳红毯上的争奇斗艳，尽管常常饱受争议，早已成为电影节的一大看点，戛纳就是中国影星走向国际的快车道。在电影宫里，不时有外国

记者追问我红毯上那些中国影星的姓名拼写。

韩国电影在电影节上也格外显眼，《在异国》和《金钱之味》双双入围主竞赛单元。《金钱之味》首映后嘘声一片、恶评如潮，但《在异国》请来法国知名女星伊莎贝尔·于佩尔担任女主角，为影片首映及新闻发布会吸引到许多欧洲媒体的关注。

相比好莱坞影星，红毯上的韩国影星似乎青涩许多，在无数咔嚓声中始终显得拘谨、腼腆，并且无一例外地仅仅朝着镜头挥手致意，赢来摄影师们的善意大笑。

印度电影今年可喜可贺，史无前例地有四部入围电影节各官方单元，其中"一种关注"单元展映的《可爱小姐》还登上电影节多家场刊的封面。

印度官方希望打破海外市场对"宝莱坞"的思维定势，重点推介动作大片《煤业黑帮》，他们认为最典型的印度电影都是小成本的歌舞剧，而《煤业黑帮》是带有艺术气息的商业电影，充分体现了印度电影的活跃生态，希望电影人和购片商留意到丰富多彩的新型印度电影。

泰国电影在电影节各单元鲜有露面，"泰国之夜"的推介晚会却大放光彩，还有近年活跃在电影界的泰国公主乌汶叻助阵，吸引了数百名各国媒体记者和电影买家。

推介晚会由泰国商务部主办，可见电影推广完全被是做商业行为。现场播放了英文版的泰国电影宣传片，逐一介绍泰国电影的特点及当红影星，画面大多涉及情感或家庭，还重点推荐了由乌汶叻参演的新片《在一起》。泰国公主在讲话中力荐泰国电影，还表示愿意向欧美学习。

对亚洲电影而言，在戛纳捧个奖杯固然是好，但电影推介来得更加踏实。毕竟获奖仅仅是认可电影的一种方式，观众和市场才是真正的大奖。

（2012 年 5 月 27 日写于戛纳）

法拉奇

故居留宿

一张大床、一排衣柜、一张书桌、三面镶边壁镜、一只断臂玩偶、一本阿莱科斯的著作,这就是奥莉娅娜·法拉奇在意大利中部托斯卡纳大区卡索莱小镇上的故居卧室。

出生在上世纪 20 年代末的法拉奇是个不折不扣的政治采访女王,1980 年对邓小平的专访也让她在中国家喻户晓。能够来到法拉奇生前久居的山间别墅,并获得法拉奇妹妹帕奥拉的邀请,留宿在法拉奇的卧室,我感到太幸运了。

这幢外墙上布满爬山虎的老房子已有 300 多年的历史,四周种满了葡萄、樱桃树、柠檬树及各种植物,海拔 400 多米,紧邻意大利"花之都"佛罗伦萨与"酒之乡"基安蒂。这里就是法拉奇童年的老家与晚年的心灵归宿。

法拉奇的卧室在二楼,约 20 平方米,透过两扇古朴的老旧木窗,可见翠绿湿润的庭院,深夜还可听取池塘边的蛙声一片。打开卧室门外的廊灯,就照亮了墙壁上阿莱科斯微笑的侧脸与握拳高举的右臂,海报下方用意大利文写着:"不要为我哭泣,我即将死去,而你却无能为力。看看那凋零的花儿,请把它们浇灌。"

阿莱科斯是希腊运动领袖与政治活动家,法拉奇43岁时疯狂地爱上了这个34岁的男人,他身材矮小、其貌不扬,脸上印有疤痕。阿莱科斯曾与法拉奇在此居住,相爱两年后,怀孕的法拉奇不幸流产,次年她在这间卧室里悲伤地写下了《写给未出生孩子的信》,讲述一个未婚母亲与腹中胎儿旷世难有的感情。

卧室外,廊道上的旧木书架上放着一张法拉奇与母亲及阿莱科斯的合影,照片中她的母亲挽着二人的手臂,阿莱科斯叼着烟嘴儿,法拉奇则妆容朴素、笑容恬静。书架上还立着几顶宽边的编织太阳帽,帽檐都有一朵鲜艳的塑料花,这些是法拉奇生前的最爱。

法拉奇竟也钟情于各种漂亮的玩偶,她五岁时最喜爱的那只穿着纱裙的塑料娃娃至今还留在她的卧房里,娃娃的右臂早已断去。

不过,法拉奇传奇一生的这一点柔情很少为世人知晓,人们只记得她是"20世纪最有影响力的记者",是"世界政治采访之母",认为她总是像男人一样在战斗。

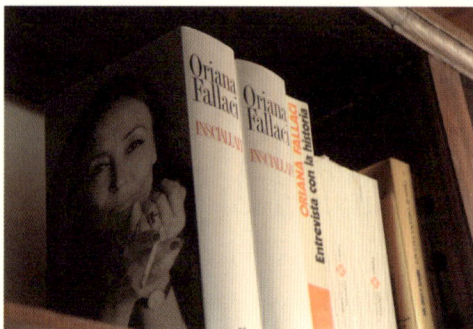

她的著作《印沙安拉》(Insciallah)的一张封底照片更符合大多数人对她的记忆,冷艳的目光透着深邃,长发略显花白,深红的长指甲,右手食指与中指的指缝间夹着一支点燃的香烟。法拉奇每天大约要抽上30至35根,她的口袋里总是揣着烟包。

廊道的窗边则放着一台属于法拉奇父亲的旧式打字机,法拉奇生前使用的打字机已被封存在铁箱里,铁箱壁锁有些锈钝。帕奥拉说:"法拉奇无论去哪儿采访,都不忘背上那个笨重的家伙。"

法拉奇自小性格坚毅、渴望自由,1950 开始从事记者工作。1967 年主动要求报道越南战争,她在背包上写着,如果她阵亡,请将遗体运交意大利使馆。

法拉奇一生采访了数十位叱咤风云的政坛要人,包括基辛格、阿拉法特、甘地夫人、卡扎菲、布托、霍梅尼等。她提问尖锐、言辞泼辣,一本《风云人物采访记》被《华盛顿邮报》誉为"采访艺术的辉煌样板"。

我在书架上还找到了近十本泛黄的、薄薄的记事本。一个蓝皮本的扉页上留有法拉奇母亲的赠言,这是 1975 年她送给法拉奇的新年礼物。

蓝皮本上红、蓝、黑各色笔记密密麻麻,随处可见画方框、加标记的电话号码、人名地址。法拉奇似乎还偏爱列出一些人名、国家名等,并在一旁做上打勾、画叉的记号。采访本的最后一页写着:"理查德·霍格兰,1976 年春季,海因南街 1205 号,电话 3018291255。"

法拉奇将她与新中国改革开放总设计师邓小平的对话视为她事业史上最成功的一次采访。帕奥拉说,法拉奇每一次采访总要和对方斗争,唯独对邓小平产生了持久的仰慕之情。

帕奥拉回忆说,法拉奇当时就告诉她,邓小平将改变中国的历史进程,带动中国现代经济腾飞。70 年代末人们已经感觉到中国社会的变化,但正是有了这一次中西方历史性的对话,中国在世界舞台上的形象也因为邓小平而改变。

1993 年,法拉奇在中国社科院发表演讲时,一位意大利语专业的中国学生对她说:"您教给了我们两件世界上最重要的东西:勇气和自由。请您不要死,我们非常需要您。"

2006 年 9 月,患癌症多年的法拉奇在佛罗伦萨逝世,结束了"勇敢、战斗和榜样的一生"。她生前或许也想象不到,五年后一名中国记者竟会带着无限敬仰与感伤,来到她的卧室。

清晨,这间向阳的卧室迎来了第一缕阳光,窗外的鸟儿欢快地叫着。

(2011 年 6 月 14 日写于卡索莱)

另一个法拉奇

　　73 岁的帕奥拉·法拉奇只是一个时常想念中国的意大利老太太,独居在这海拔 400 米高的山间别墅里,她的餐厅正中央摆放着一小座毛泽东雕像。

　　相较于奥莉娅娜,妹妹帕奥拉与中国结下的不解之缘却毫不逊色。奥莉娅娜对邓小平的仰慕广为人知,帕奥拉对毛泽东的崇尚与热爱却只属于她自己。1979 年以来,多次往返中国的帕奥拉细心收藏了大量有关毛泽东的雕像、勋章、邮票和海报。

　　"我知道他尊重土地,而且他看起来太亲切了,海报中也总是被一群欢呼的孩子包围着,我和奥莉娅娜都很为他着迷。"帕奥拉对家中一切有关毛泽东的藏品都如数家珍。

　　她至今保留着一张拍摄于 1949 年的老照片,照片中的毛泽东身着黑色大衣,身后是一片泛着波浪的海水。有意思的是,照片右下角有几排蓝色的墨迹,用意大利文写着"毛泽东送给挚爱的奥莉娅娜"。

　　这并非是毛泽东送给奥莉娅娜的照片,如今也难以考证奥莉娅娜何时何地获得了这张照片,她只是在照片上写下了这句话,因为她生前一直希望采访毛泽东,但始终未能如愿。奥莉娅娜去世后,帕奥拉将它视作珍宝。

　　上世纪七八十年代,帕奥拉还从中国带回来许多独具时代特征的纪念品并保存至今,包括一本 1972 年的集邮簿、一本封面写着"为人民服务纪念白求恩愚公移山"的红色小册子、一本封面写着"毛泽东思想育英雄"的红色记事本、一些旧版人民币等。

她家中还有两幅保存完好、色彩鲜艳的旧海报,一幅是写着"延安新春"的春节海报,海报中毛泽东与人民群众在一起,儿童举着"自己动手丰衣足食"的标语,众人皆露出喜悦的神情;另一幅是中国的青年男女站在船头,下方写着"锦绣前程到祖国需要的地方去。抚顺县革命委员会赠。一九七四年春节。"

热爱中国美食的帕奥拉早年还在中国遍访各地餐馆的厨师,于上世纪80年代末出版了一本名为《吃在中国》的意大利语烹饪书。受她影响,帕奥拉的儿子安东尼奥甚至会做几道像样的中餐。

安东尼奥是一名园艺设计师,十年前为帕奥拉从中国带回了爬山虎的种子,如今这幢大约有20个房间的别墅外墙上就布满了翠绿繁茂的爬山虎。

帕奥拉崇尚简单、自然的简朴生活,她在房屋前后种满了葡萄藤、樱桃树、柠檬树及各种植物,闲时酿酒酿醋、养鱼养鸡。帕奥拉后院养殖的100多只乌鸡竟也有些中国渊源。

她告诉我,1979年她在北京的一家餐馆后首次见到乌鸡,"它那白色的羽毛实在太漂亮了",回到意大利后,她就在欧洲各地寻找类似模样的禽类。1990年,她在德国举办的一次家禽展上买到一对乌鸡,随后在英国、西班牙等欧洲各国家禽展上遍寻乌鸡,如今后院俨然已是"国际鸡场"。

"我听说中国的乌鸡越来越少了,如果中国有人对我的乌鸡感兴趣,我愿意将鸡蛋送给他们,让他们带回中国繁殖更多的乌鸡。"她说。

帕奥拉与奥莉娅娜自小受母亲的影响,阅读了美国作家赛珍珠有关中国的书,对中国充满向往,后来她多次跟随奥莉娅娜前往中国,对中医针灸、中餐烹饪兴趣浓厚。新世纪以来,古稀之年的帕奥拉再也没有踏上中国的土地,却在千里之外默默关注着中国的发展。

(2011年6月15日写于卡索莱)

"牵线搭桥"的帕内莱

拜访完法拉奇的故居，我又在米兰见到了意大利知名媒体集团 Class Editori 的首席执行官保罗·帕内莱。他告诉我，他才是首个采访邓小平的意大利记者，并成功为法拉奇后来的采访"牵线搭桥"。

帕内莱说，1978 年 11 月，时任意大利外贸部长里纳尔多·奥索拉前往中国签署巨额贷款合作项目，他作为意大利经济周刊《世界》的主编随团抵达，并就中意贸易与外交关系简单采访了邓小平。

"我对邓小平的印象极深，他法语很好，有礼貌、观念开放，有国际视角，熟悉西方世界，深知中国需要经济发展，从他的眼睛里就可窥见他的智慧。"帕内莱至今小心保存着当年和邓小平的一张合影。

帕内莱回忆说，当年他询问邓小平中国的总人口，邓小平诚实地表示，他并不知道具体的数字，但他知道很多中国人都希望实现经济发展、摆脱贫困，拥有平静、幸福的生活。

"中国正要改革开放，贫穷还随处可见，但邓小平这样的领袖令我很受鼓舞。"

帕内莱随后于 1980 年应当时中国对外关系委员会的邀请，组织了一个企业家代表团再次前往中国，而从机场进城的路上，他们发现到处都是可口可乐的巨幅海报。

"那是中国开始了解西方经济的信号。一个贫穷落后的农业经济体开始有意愿接受最具有象征意义的美国产品，这本身就预示着中国即将发生的改变。"他说。

帕内莱说，法拉奇当时得知他去中国的消息后，多次恳请他帮忙联系中国驻意大利使馆，最终在时任意大利总统佩尔蒂尼的帮助下如愿以偿。

（2011 年 6 月 17 日写于米兰）

红灯区

红灯区"蝶变"

阿姆斯特丹老城风光

  38 岁的荷兰青年赫尔曼·费尔哈亨在老城中心"红灯区"入口的小巷里经营着一间 35 平方米的店铺。透过他的玻璃落地窗，但见别出心裁的手工陶瓷品，而非性感妖娆的应召女郎。

  2011 年 4 月，费尔哈亨以低于市场价 25％的价格租下这一店铺，合同上的租期为 10 年，因此成为阿姆斯特丹市政府"1012"工程的参与者与受益人。许多游客和附近的餐馆老板都会在他的店里选购工艺品和餐饮器皿，他也能感到这个区域日新月异的变化。

  这项以"红灯区"邮政编码命名的市政工程，可以算是新颖时尚而颇有经济效益的另类"扫黄打非"行动，即市政府出资购得一些妓院店铺的房产权后，交由中介适当放低价格对外出租，并对该区公共地段的基础设施进行改造升级，重点吸引时尚设计师与艺术家入驻此地。

阿姆斯特丹老城中心的"红灯区"已有约 600 年历史，常年吸引着数百万来自世界各地的游客们前来观望，为该市带来可观的旅游经济收益，但同时也是贩毒、洗钱等违法犯罪行为的高发地段，当地警方认为红灯区产业与黑社会、有组织犯罪等牵连甚多。

市政府计划在未来 5 至 10 年里，通过减少妓院与大麻馆的数量，吸引更高层次的投资者与旅行者，带来更多的文化与商业元素，冲淡这里的"乌烟瘴气"。该工程自 2008 年启动以来，市政府已经成功关闭一百余家妓院，目标完成过半，同时还计划在未来几年里关闭三分之一的大麻馆。

项目负责人赫斯·古森告诉我，市政府希望通过缩小"红灯区"的范围，以加强管理和控制犯罪，目前大部分被关闭的妓院都已被改造成住房或工作室。

荷兰人向来崇尚开放、前卫，而又十分重视商业利益。在其首都阿姆斯特丹，从城市地图到应召女郎，都是贴有标签的某种"商品"，而针对"红灯区"的这一改造工程也带有很强的投资性。

古森透露，市政府计划用 10 年的时间完成这一工程，预计在未来 10 至 15 年内，就会开始出现商业回报。市政府对于该项目的总预算为 1 亿欧元，而这 1 亿欧元有望吸引到高达 8 亿欧元的私人投资。

过去三年里，许多荷兰当地的设计师和艺术家先后在此安家落户，尽管不少店面依旧是不对外开放的私人工作室，还是为这个妓院与大麻馆林立的老城区带来许多清新与时尚气息。

也有艺术家担心，一旦这里被重塑为独具特色的商业与文化中心，目前优惠的地租将再难延续，这可能给他们的工作和生活带来许多不确定性。

古森说，市政府只能朝着改造的目标迈进，不断减少妓院和大麻馆的数量，其他很多因素都难以预料。目前色情行业和大麻零售在荷兰都是合法的，市政官员也明确表示完全取缔"红灯区"在荷兰并不可行。

陶瓷店老板费尔哈亨每日开门营业时，迎接他的往往是周边许多施工地点的机器轰鸣声。他对此没有任何抱怨，反而以此举例来佐证自己的店铺及整个"红灯区"的改造工程前途大好。

他说："再过几年，这地方一定棒极了。"

(2012 年 3 月 1 日写于阿姆斯特丹)

古稀姐妹花

　　路易丝和玛蒂娜（Louise and Martine Fokkens）是一对 70 岁的双胞胎姐妹，在阿姆斯特丹"红灯区"工作 50 余年。路易丝因身体不适已经退休，玛蒂娜目前每周还要工作三天，是当地年龄最大的性工作者，可能也是全世界年龄最大的性工作者。

　　玛蒂娜非常坦率地告诉我：这是为了赚钱，而且有些老顾客算得上和她一起长大，经常付钱找她叙叙旧。

　　2011 年有两位导演拍了一部关于她们的纪录片，英文名字是"Meet the Fokkens"，在当地的纪录片电影节首映后红遍荷兰，二人随后出版的自传也成为畅销书。

　　我和荷兰姑娘克里斯汀一起，转了几次公共交通，来到她们在阿姆斯特丹近郊的住所。两位老太太竟穿着一模一样的红衣红鞋，神采奕奕地出来迎接，一进门就见餐桌上摆放着咖啡和甜点。

　　姐妹俩的英文比较勉强，大多数时候都由克里斯汀将我的提问翻译成荷兰文，再将她俩的荷兰文回答翻译成英文。由于很多回答十分"露骨"，克里斯汀在翻译的时候，我还要极力掩饰自己通过瞪眼、张嘴等动作表达出的夸张情绪。

克里斯汀是当地的视频记者，正在拍摄他们的生活。

"我们最怀念刚'出道'的时候，那时候男人都很绅士，并且愿意倾诉；'同事'都是本地姑娘，能够互相帮助；老板也是女人，非常仗义。"

"过去 50 年里，从没遇到过施暴的客户，吸毒的倒是有很多。"

"根据我们的经验，客户如果发现姑娘年纪太小，是会向警察报案的，姑娘有时候会从客户那里获得许多帮助。"

"现在'红灯区'里大多数妓女都来自东欧国家，荷兰本地的已经屈指可数。"

"'1012 工程'在我们看来是无济于事的，还会让我们生活得更加艰难。"

"市政府就是想甩掉像我们这样的大龄妓女。"

"相对于卖淫，现在那么多妓女吸毒，这才是更加严重的问题。"

"都说许多姑娘是被迫入行的，但什么是被迫呢？"

"如果真想离开'红灯区'，是完全有可能的，但姑娘们都想挣钱。"

我甚至感到，相对于他们的回答，我提出的问题实在是太委婉、太兜圈子了。

克里斯汀用荷兰文直接和她们闲聊时，我也得以东张西望：屋子有些局促和凌乱；两只吉娃娃一直在她们身边活蹦乱跳；厨房的黑板上写着一些人的生日提醒；窗边摆满了植物和烛台；书架上能找到有关以色列和法国的旅游书。

最让我诧异的是,墙壁上挂满了色彩鲜艳、落笔随意的油画。经询问,竟都出自她俩的笔端,其中略微精致细腻的作品都是路易丝所作。

她们说,从小有个叔叔是画家,教她们作画。路易丝可以坐着画上一整天,但最好有玛蒂娜陪在身边,否则她会感到不知所措。

她们的母亲去世时,路易丝在墓碑上画了些花朵以表达思念。

更有意思的是,她俩尤其喜爱自画像画法,许多画中都是一对双胞胎,红衣红鞋、头发花白、肩并肩坐着,身后则是朦胧的"红灯区"街景。

路易丝说:"画画是一种对现实的逃避,每完成一幅画作,就很有满足感。"

成名后不久,她们就接到了其他画展的邀请函。其实早在1995年,姐妹俩就受邀参加过一个在教堂里举办的绘画展览,只是当时的主办方和参观者并不知道,她们的全职身份是性工作者。

(2012年2月24日写于阿姆斯特丹)

见闻速记

这个"红灯区"的历史已有数百年,阿姆斯特丹因此得名"世界性都"。随处可见的大麻馆又给"红灯区"额外营造了另一种合法而危险的气息。

大多数是落地玻璃窗,墙壁上有一根红色灯管。透过这些窗户,能看到金发、黑发、白肤、黑肤的姑娘们。偶尔眼神交汇时,她们还很友好地和我打招呼。

白天大概生意要差一些,我在一条小巷刻意计时观望了五分钟,仅看见一名男子推门而入。傍晚时分,这里才真正热闹起来,经常能碰到成群结队的青年男子路过起哄。

"红灯区"每年的客流量可达数百万,基本上应当是嫖客、瘾君子和猎奇的旅行者,这其中身份或许也有重合。

角落里还有个"妓女信息中心",1994 年由一名资深性工作者创办,以多种语言提供有关"红灯区"的史料介绍,还负责安排收费的观光旅游和讲座,这在外人看来多少有点"奇葩"。

市政府"1012 工程"的负责人古森透露:这个红灯区的性工作者大约有6 000名;许多性工作者习惯在欧洲多国"轮班",每年只在一个城市停留几周时间;每天每个橱窗费约为 240 欧元,分白天和夜晚两个时段;一名性工作者需要为一个时段支付 110 至 130 欧元。

在与这里的其他人聊天时,他们也各有说法:

"本地人都会绕开'红灯区',但在这里工作还是很安全的,巡逻的警察那么多。相对于'瘾君子',我更讨厌英国酒鬼。"——一家文艺书店的老板。

"艺术家不过是来看管这些房子的。媒体都报道说我们的租金很低,但这可能是暂时的,将来真不好说。"——一名新落户的时尚设计师。

"改造是个好主意,但下岗的性工作者也要安顿好吧。"——"红灯区"内荷兰国家乐器基金会的一名工作人员。

"这里的建筑很漂亮,妓女就不怎么漂亮。还是沿着运河走走更舒坦。"——一个带着丈夫和女儿来阿姆斯特丹度周末的家庭主妇。

(2012 年 3 月 1 日写于阿姆斯特丹)

狂　欢

荷兰女王节

◀女王节可能是荷兰最重要的年度庆典,人们总要穿戴象征荷兰王室颜色的橙色衣饰。2013年4月30日的女王节上,女王贝娅特丽克丝举行退位仪式,其长子威廉·亚历山大加冕继位,成为荷兰自1890年以来的首位国王,"女王节"自2014年起变更为"国王节"。

▶女王节还是全国范围的跳蚤市场日,在这一天荷兰人可以不办证、不交税,在家门口或者热闹的街区摆个地摊儿,街头卖艺也随处可见。荷兰人善于经商,许多父母从小培养孩子的生意头脑,女王节则是"练兵"的好日子。

班什狂欢节

▲班什是比利时埃诺省的一个中世纪小城,班什狂欢节是欧洲四大狂欢节之一,与科隆、威尼斯和尼斯齐名。狂欢节上的主角是"憨人",正名是"吉乐",通常身穿厚重的棉衣和木屐,朝着人群投掷象征新生的血橙。

科隆狂欢节

▲科隆狂欢节是全球第二大、欧洲第一大狂欢节。欧洲债务危机形势严峻之时，其他狂
欢节明显"缩水"，科隆却依旧出手大方、声势浩荡，似乎也是德国强势经济地位的
缩影。

▲这一天最适合把酒言欢，忽略那拥挤的人群、尿骚的马路和满地的碎玻璃片，找个有阳
光的角落，朝着游行队伍跳跃呼喊，巧克力很快就会砸到头上、肩膀上，或者掉在帽子
里、阳伞里。有幸挤入最前排的漂亮女士若想索得一支玫瑰，多半要不吝香吻。

阿尔斯特狂欢节

▲阿尔斯特是距离布鲁塞尔不远的一座小城,一年一度的阿尔斯特狂欢节已有 600 多年的
历史。

▲2010 年,联合国教科文组织将阿尔斯特狂欢节列入人类非物质文化遗产名录。

布鲁塞尔漫画节

▲每年夏天，布鲁塞尔大
区政府都要举办漫画
节。动漫气球游行从
王宫广场到德勃鲁克
尔广场，随行的还有铜
管乐队和民俗表演。

◀漫画是比利时人引以
为豪的珍贵文化遗产，
布鲁塞尔是全球漫画
之都，被称为第九艺术
的麦加。

后记

2010 年 12 月 7 日抵达布鲁塞尔,2014 年 1 月 6 日重回北京,一切恍如昨日。期间的千余日夜可能是我人生中最美好的一段光阴,而我的主要工作是让中国更好地了解欧洲。

三年里,欧元区主权债务危机牵动着世界神经,也成为驻布鲁塞尔记者们报道的最核心背景。因此,我连续跟踪了 20 多场欧盟领导人峰会,现场报道了多国政坛动荡与选举,采访过范龙佩、巴罗佐、舒尔茨、容克等许多欧洲政要,努力成为一名合格的欧盟时政记者。

在欧洲各地出差和旅行的过程中,我也经常留心危机对百姓生活带来的普遍影响,同时关注各地不同的风土人情,通过一个个具体的地方与人物,尽可能写出欧洲人的生活态度。

欧洲政治生态复杂,文化底蕴深厚。作为一名中国记者,我所接触到的欧盟、欧洲及欧洲人都十分有限,我对欧洲政治与文化的理解也不够深入全面。书中文字仅仅是一份见闻笔记,错漏偏颇之处难免;书中照片也仅仅是采访和旅行途中的随手拍摄,恐有许多不足与瑕疵。

不过在中国,也许有很多人希望可以快速地读懂欧盟,也有很多人希望身临其境地感受欧洲当地生活,还有很多人对驻外记者的采访经历充满好奇。所以我在翻阅大量资料的基础上,尽可能忠实地记录下所见所闻和所听所想,希望原汁原味地向读者呈现那些有意义和有意思的采访过程与结果。

我特别感谢新华社对外部主任严文斌,他支持我们在外长见识、学本领,并在百忙中为本书作序;我也特别感谢新华社欧洲总分社社长王朝文,他为我创造了许多锻炼机会,并在工作中给予我最大的信任。

这本小书最终得以付梓,还要感谢张崇防和黎勇两位对外部前辈,在驻欧期间对我们关怀备至,并对书稿提出了许多有建设性的修改意见;感谢比利时驻华大使馆新闻专员欧阳然,作为一名精通中文的欧洲读者为本书提供了宝贵意见;感谢南京大学出版社外语编辑部主任董颖和史地图片编辑部编辑李鸿敏,为本书的顺利出版做了许多细致而有创意的工作;感谢其他所有关心帮助过我们的前辈、同事和朋友;也感谢新华社和《国际航空报》发表过书中的部分文章。

最后,感谢我的爱人王聪,他是我的精神支柱,时刻陪伴在我身边,鼓励和帮助我做任何想做的事,让我慢慢懂得真正的爱与被爱;感谢我们的爸爸妈妈,他们学会了用手机拨打视频电话,习惯了打听一切与比利时有关的消息,三年里始终牵挂着远方,直到我们任满回家。

缪晓娟

2014 年 4 月 30 日于北京